Enrico Bernard (Rom 1955) lebt zwischen Rom, Zürich und den Vereinigten Staaten.

Als Schriftsteller, Dramatiker, Essayist, Regisseur und Drehbuchautor unterrichtet er in den USA als *artist in residence*. Unter seinen Werken der Golden Globe-prämierte Film *Forever blues* mit Franco Nero. Aus seiner Komödie *Holy money,* aufgeführt in New York und Rom, entstand der Film *The last capitalist.* Als unermüdlicher Essayst schreibt er *I più segreti legami,* eine neue Interpretation des Neorealismus. Er gewann zwei nationale Auszeichnungen des Italienischen Instituts für Drama (Idi) und wurde mit der *Silbernen Maske* ausgezeichnet. Seine Werke werden in Italien von *Bulzoni* und *La Mongolfiera* veröffentlicht. Sein von Dario Fo illustriertes *Manifest des de-naturalistischen Theaters* ist auf der Webseite des Nobelpreisträgers zu finden.

Enrico Bernard

HYSTRYO

9783038411307

© Alle Rechte vorbehalten
Enrico Bernard entertainmentart
BeaT Verlag
Speicherstrasse 61
CH - 9043 Trogen (Switzerland)
entertainmentart@gmx.net
Deutsch von Esse Rio Spina, Wien
Isbn (Paperback): 9783038411314
Isbn (ebook):   9783038411307

HYSTRYO

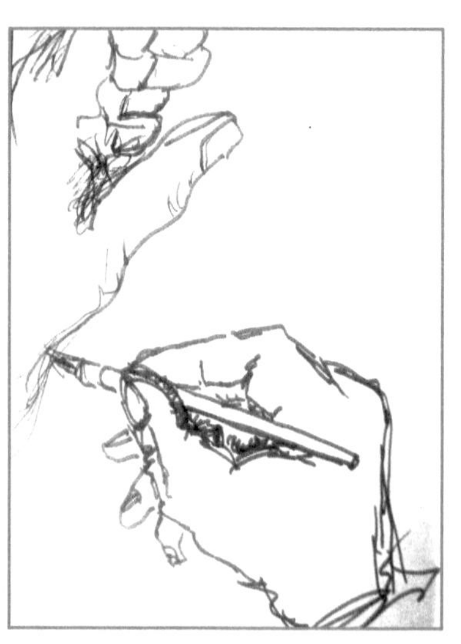

Das Schreiben, wenn es richtig getrieben wird (und Sie
können versichert sein, dass ich denke, dies sei bei mir
der Fall), ist nur eine andere Art von Gespräch. Wie
Jemand, der weiß, wie er sich in einer guten Gesellschaft
zu benehmen hat, dort nicht wagen wird alles herauszu-
schwatzen, - so darf auch ein Schriftsteller, der die Grenzen des Anstandes und der Bildung kennt, nicht Alles
denken; er erweist daher dem Geiste des Lesers keine
grössere Achtung, als wenn er die Sache freundschaft-
lich halbiert und der Einbildungskraft jenes ebenfalls
Etwas überlässt. Was mich anbelangt, so erweise ich ihm
unaufhörlich Artigkeiten dieser Art und tue Alles was in
meinen Kräften steht, um seine Phantasie ebenso tätig
zu erhalten als meine eigene.

Laurence Sterne,
Leben und Ansichten von Tristram Shandy, Gentleman (1759)

1.

In Rom wird man sich an den Winter des Jahres 2012 wegen des außerordentlich heftigen Schneefalls erinnern, der die Stadt lahmlegte und ins Chaos, eine regelrechte Verkehrshölle, stürzte. Auch ich blieb mitten im Verkehr stecken. Die Via Nazionale hatte sich in eine Schipiste verwandelt, auf der Autos und Busse betrunkenen Slalomfahrern glichen, die sich querstellten und damit verhinderten, dass selbst die wenigen Autos, die mit Winterreifen oder Schneeketten ausgerüstet waren, nicht weiterfahren konnten. Nachdem ich stundenlang darauf gewartet hatte, dass es irgendwie voranginge oder dass von irgendwoher ein Räumfahrzeug käme, beschloss ich, mich in eine Parklücke einzuparken und zu Fuß weiter in Richtung Zentrum zu gehen. Vielleicht hatte ich mich auf einen markierten Parkplatz gestellt, aber in dieser Situation brauchte man sich allen Ernstes keine Sorgen um einen fälligen Strafzettel zu machen. Der Trevi Brunnen bei dichtem Schneefall ist ein Naturschauspiel, das man nicht alle Tage zu Gesicht bekommt, sagte ich mir und machte mir Mut, obwohl meine Halbschuhe bereits durchnässt und meine Zehen eiskalt waren. Natürlich hatte ich vor, mein Auto zu holen, sobald sich die Lage gebessert hätte. Ich drehte eine Runde, machte wie ein Tourist da und dort ein Foto von diesem ungewohnten Rom, das überhaupt nicht laut, sondern vielmehr in Watte gepackt war wie

eine amerikanische Metropole in einem Weihnachts-
film, wo der übliche Lärmpegel, Hupen, Bremslärm,
Polizei- und Rettungssirenen, wie durch einen weißen, zusehends dicker werdenden Schneemantel
gedämpft ans Ohr gelangt. Plötzlich überkam
mich ein Kälteschauer. Es war rasch kalt und dunkel
geworden und der Schneefall, der in diesen Breiten
äußerst selten ist, wurde nicht weniger, sondern
ganz im Gegenteil immer dichter und verschlech-
terte damit die Verkehrslage, in der es mittlerweile
kein Vorankommen mehr gab, da selbst auf der
Fahrbahn immer mehr Schnee liegen blieb. Außerdem hatte sich aufgrund des Temperatursturzes,
den ich am eigenen Leib zu spüren bekam, eine
dicke Eisschicht gebildet. Beim Unterführungsaus-
gang unter dem Quirinalspalast mündete ich in die
Via del Tritone und überquerte sie, ohne auf das
Grün für Fußgänger zu warten, denn die Schneedecke war schon höher als zwanzig Zentimeter und
kein einziges Fahrzeug konnte sich mehr vom Fleck
bewegen. Es war daher aussichtslos, wieder zu meinem Auto zu gelangen.

Geschäfte und Bars hatten in Windeseile ihren Betrieb eingestellt, nachdem klar wurde, dass der
Schnee keine vorübergehende Wetterlaune war,
sondern zu katastrophenartigen Zuständen führte.
Es liegt mir fern zu übertreiben, daher sage ich nur
katastrophenartig, aber die Tatsache, dass sich viele
ins Auto gestürzt hatten, um daheim zu sein bevor
der Verkehr zusammenbricht, bewirkte, dass nur
wenige das Glück hatten, der weißen Hölle zu
entfliehen. Züge standen still, Autobusse waren wie
gestrandete Wale… was sollte ich machen? Wohin

sollte ich gehen, um im Warmen darauf zu warten, dass sich die Lage entschärfte? Am Ende der Via della Mercede fielen mir Lichter auf. Es hätte eine Bar oder ein Restaurant sein können, die wie durch ein Wunder immer noch geöffnet waren. Die Aussicht auf einen wärmenden Tee oder eine heiße Schokolade hätte mir gutgetan und das Warten irgendwie erträglicher gemacht. Ich ging etwas schneller und schleppte mich durch den Schnee, der mir inzwischen beinah unter das Knie reichte. Doch was für eine Enttäuschung! Das Trugbild offenbarte seine düstere Wirklichkeit, es war ein Theater! Reden wir Klartext, ich mag kein Theater, denn es langweilt mich, aber in dieser Notlage bot mir ausgerechnet der Musentempel der Melpomene Schutz vor dem Sturm. Also machte ich gute Miene zum bösen Spiel und schob mich ins Foyer.

Von hier an, liebe Leser, fahre ich in der Gegenwart fort, da die folgende Geschichte in meinem Inneren, meiner Psyche, unauslöschliche Spuren hinterlassen hat wie ein viel zu grausamer Film, den ein Kind zu sehen bekommen hat. Ich übertrage die Erzählung in die Gegenwart, um mich einerseits besser an das zu erinnern, was ich selbst erfahren musste und andererseits um Sie, meine lieben Leser, am Entsetzen teilhaben zu lassen, das mich noch immer erschaudern lässt.

2.

Die junge Frau an der Abendkasse schaut lustlos von ihrem Kreuzworträtsel auf, das sie nicht abschließen kann, starrt mich an und seufzt. Ich verstehe nicht, ob ich für sie eine langweilige Ablenkung bin oder ob sie nach einem Vorschlag für die letzten Felder sucht.

«Roma andersrum?» fragt sie mich schroff, ohne weitere Erklärung, «es fehlt mir nur das letzte Wort, um abzuschließen. Rom andersrum, vier Buchstaben.»

«Ach, - ich greife mir an den Kopf - Sie meinen rückwärts gelesen?»

«Ja klar, das Wort andersrum, halten Sie mich nicht für bescheuert.»

«Denken Sie nach, es ist ganz einfach.»

«Für Sie vielleicht, aber nicht für mich. Ich hocke hier seit zwei Stunden und habe bisher nicht eine Menschenseele gesehen. Sie sind die erste Person seit heute Mittag. Schauen Sie, bis daher habe ich alles alleine gelöst!»

«Nicht schlecht», gratuliere ich ihr mit einem Lächeln, das sie jedoch missversteht, «es wird doch nicht etwa *Amor* sein?»

«Sie kommen aber schnell zur Sache!»

«Ich meinte Roma von hinten nach vorn gelesen, das ist nun einmal *Amor*.»

«Roma… *Amor*, richtig, ich Dummerchen! Dass ich nicht selbst darauf gekommen bin! Vier Buchstaben, das passt genau.»

«Natürlich passt das» murmle ich und denke bei mir, dass sie sich nicht zu Unrecht 'Dummerchen' nennt, sie scheint nicht gerade eine Leuchte zu sein!

Nachdem sie rasch die weißen Felder ausgefüllt hat, schließt sie das Heftchen, setzt ein zufrieden strahlendes Lächeln auf, als bemerkte sie mich erst jetzt und begrüßt mich mit einem herzlichen:

«Guten Abend, mein lieber Herr!»

Eigentlich hätte ich mit einem einfachen *guten Abend!* antworten können, aber ich handle mir Ärger ein, weil ich sie provoziere:

«Danke für den *Herrn!*»

«Warum, sind Sie keiner?» fragt sie mit leicht besorgter Miene.

«Haare habe ich nur noch spärlich und die wenigen, die mir bleiben, sind schon grau... Ich gehöre zu den typischen Pensionisten: Zähne aus Gold, Silberglanz im Haar und... Sie wissen schon, aus Blei!» scherze ich und es gelingt mir, sie wieder zum Lächeln zu bringen.

«Ich wette, Sie lieben es, immerzu zu scherzen!»

«Und zwischen einem Scherz und dem anderen so manche Wahrheit auszusprechen», sage ich. «Das Alter lässt sich leider nicht aufhalten. Man fühlt sich noch in voller Jugendkraft, aber meine Liebe, der Beweis, den der Spiegel liefert, ist gnadenlos.»

«Reden Sie keinen Unsinn. Sie sind ein stattlicher Mann, machen Sie sich doch nicht so klein.»

Und ohne auf meine Antwort zu warten oder mir die Zeit zu lassen, den Honig zu genießen, den sie mir ums Maul gestrichen hat, als würde sie befürchten, dass mich ihre Worte zu weit ins Fahrwasser meiner blühenden erotischen Phantasie treiben, schlägt sie einen professionelleren Ton mit Themenwechsel an: «Also sagen Sie mir: wie kann ich Ihnen dienen?»

Die Frage überrascht mich. Ich schaue mich um und suche nach einer Antwort auf das, was mir langsam dämmert: ist das wirklich ein Theater? Oder bin ich in eine Art Laufhaus geraten… ja, ich weiß von Gesetzes wegen mussten bereits 1958 alle Laufhäuser schließen, sie wurden verboten. Aber nicht nur zufällig lautet Roma rückwärts gelesen *Amor,* denn hier ist Amor eine Hymne an die Lebensfreude und man kann nie wissen, hinter welche Tür man versehentlich geraten ist. Ich versuche, mich zu informieren, ohne den geringsten Verdacht durchschimmern zu lassen. Daher frage ich lediglich zurück:

«Gibt es heute Abend eine Vorstellung?»

Sie sieht mich an als wäre ich ein Fisch im Trockenen und einen Augenblick lang befürchte ich zu hören, dass ich hier an der falschen Adresse bin. Doch diesmal ist sie über meine Frage völlig verwundert.

«Entschuldigen Sie, warum denn nicht? Wenn das ein Theater mit so vielen Lichtern und Schildern ist, muss es doch eine Vorstellung geben, nicht?»

Ich atme erleichtert auf. Kein Laufhaus also, kein Bordell. Das Mädchen sitzt nicht da wie zu Zeiten meines Vaters oder gar meines Großvaters, um die Kunden den Sexarbeiterinnen je nach erotischen Vorlieben zuzuweisen. Leider – ich entschuldige mich für dieses 'leider', das mir im Affekt, im Zuge meines unbändigen Männlichkeitswahns entkommen ist, der oft, tja, an Trivialität grenzt. Leider handelt es sich um ein todlangweiliges Theater, in dem alte Schinken gespielt werden, die es unbedingt zu vermeiden gilt, um nicht völlig ermattet einzuschlafen.

«Haben Sie mich gehört?», beharrt sie, «warum sollte, Ihrer Meinung nach, keine Vorstellung stattfinden?»

«Wegen des Schnees.» Ich glaube etwas ganz Selbstverständliches zu sagen.

Aber sie runzelt die Stirn: «Schnee?»

«Ja meine Liebe, draußen schneit es und die Stadt liegt darnieder.»

«Schnee in Rom! Das ist aber seltsam, wirklich, sehr seltsam.» Fast will sie meinen Worten keinen Glauben schenken und lugt durch die gläserne Eingangstür.

«Seltsam, aber wahr. Es werden schon an die fünfzehn, zwanzig Zentimeter sein….»

«Oh mein Gott!», ruft sie plötzlich, «ich war so vertieft, dass mir gar nicht aufgefallen ist, dass es nun wirklich zu schneien begonnen hat! Ich sah die ersten Flocken fallen, aber ich dachte nicht, dass der Schnee liegenbleibt!»

«Aber der Schnee ist liegen geblieben, und wie!»

«Wer weiß, welches Durcheinander auf den Straßen ausgebrochen ist.»

«Das können Sie sich gar nicht vorstellen, deshalb bin ich ja auch hier.»

«Um unsere Vorstellung zu besuchen?»

«Nein. Ehrlich gesagt, um Unterschlupf zu suchen und darauf zu warten, dass sich der Schneesturm legt und um den Folgen wie Verkehrsstau, Autopannen, schlitternden Autobussen ohne Schneeketten usw. auszuweichen, kurzum, ein Weilchen im Warmen zu verbringen und abzuwarten, dass sich die Situation entspannt» ich sage alles in einem Atemzug, da ich befürchte, sie damit zu verstimmen. Aber nein, sie gönnt mir ein verständnisvolles Lächeln. «Das Theater, mein lieber Herr, dient auch dazu, in dunklen Zeiten Zuflucht zu bieten, es ist wie eine Kirche, in der Bettler Schutz vor der Kälte suchen können.»

«Findet also eine Vorstellung statt?» frage ich nach.

«Aber freilich!», versichert sie. «Es wird ordentlich schneien… du lieber Himmel! So viel! Wie dem auch sei, Sie können sicher sein, dass sich der fahrende Zug der Komödianten durch nichts aufhalten lässt. Es sei denn…» und hier hält sie inne und weckt einen schlimmen Verdacht in mir.

«Es sei denn?», frage ich besorgt nach.

«Es sei denn, Sie wären der einzige Besucher. In diesem Fall müssten wir die Vorstellung auf unbestimmte Zeit verschieben. Aber keine Sorge, wir werden Ihnen Ihren rain check geben.»

«Meinen… wie bitte?», ich verstehe es nicht, wahrscheinlich deshalb, weil Fremdsprachen nicht gerade meine Stärke sind.

«Das ist ein englischer Fachausdruck und bezeichnet eine Eintrittskarte für die nächstmögliche Vorstellung. In Amerika bekommt man das, wenn es bei einer Freiluftveranstaltung regnet und man deshalb die Vorstellung verschieben muss. Rain steht für Regen und check für… Theaterkarte, glaube ich, oder so etwas Ähnliches, ich bin mir nicht sicher.»

«Dann sagen Sie mir doch, wie es heute mit dem Publikum aussieht.»

«Sie müssen Geduld haben und warten, bis mindestens ein weiterer Zuschauer kommt.»

Das finde ich aber reichlich seltsam. «Wie also, für einen Besucher gibt es keine Vorstellung, für zwei hingegen schon?», ungeschickt räume ich ein: «vielleicht braucht es eine Mindestzahl zahlender Besucher, um die Spesen zumindest teilweise zu decken?»

Ich weiß, das war gemein von mir. Auch mein Tonfall hat dazu beigetragen meinen unverhüllten Sarkasmus an den Tag zu legen. Sie nimmt meine Verwirrung war und empört sich ebenfalls: «Nein, mein lieber Herr, das ist keine finanzielle Angelegenheit oder zumindest keine rein finanzielle. Das ist eine Frage des Prinzips.»

Ganz abgesehen davon, dass dieses ständig wiederholte «mein lieber Herr» in meinen Ohren ganz schön spöttisch klingt, bleibt mir nichts anderes übrig als der Diskussion ein Ende zu setzen, da sie in einen Schlagabtausch abzurutschen droht.

«Wenn Sie meinen» füge ich hinzu, um das Ganze zu beenden. Aber sie denkt nicht daran nachzugeben und fährt fort, mich in ein Gespräch zu verwickeln wie ein Zeuge Jehovas, der einen gesprächsbereiten Menschen findet.

Klammer auf: man darf auf keinen Fall mit einem Zeugen Jehovas diskutieren oder gar versuchen, ihn zu überzeugen! Meine lieben Leser, dasselbe gilt auch für Theaterleute, die sich arme Idioten wie mich aussuchen, die ihnen zuhören, ob sie wollen oder nicht. Klammer zu.

«Sehen Sie, wenn das hier ein Kino wäre, gäbe es dieses Problem nicht. Der Film wird abgespielt und das war's. In der Dunkelheit des Kinosaals kann ein einzelner einsamer Zuseher, verzeihen Sie den Pleonasmus, ungestört den Film erleben.» Oho, sage ich mir, jetzt wird die Debatte kompliziert! «Aber das Theater, mein lieber Herr», (ach hören Sie mir doch auf mit diesem lieben Herrn!) «ist ein realer Fakt, besser gesagt eine soziale Interaktion. Es braucht ein Publikum, das sich dessen bewusst ist, Publikum, d.h. eine geschlossene Gemeinschaft zu sein. Und um dieses Publikum, diese Gemeinschaft, zu bilden, braucht es mindestens zwei Besucher, einer davon sind Sie und… keine Ahnung wer.»

«Gut, dann warte ich eben, bis noch jemand kommt. Aber bei dieser Wetterlage und diesem Verkehrschaos ist es ziemlich unwahrscheinlich, dass ein weiterer Verrückter auf dieselbe Idee kommt und so wie ich beschließt, ins Theater zu gehen.»

«Warum soll jemand verrückt sein? Könnte es nicht sein, dass irgendjemand so wie Sie Schutz sucht? In unserem Beruf darf man nie verzweifeln, positive oder negative Überraschungen sind jederzeit möglich.»

«Kann sein» gebe ich einsilbig zu, ohne dieses *aber…* dazu zu sagen, das mir auf der Zunge liegt und Punkt, Punkt, Punkt, was meinen berechtigten Zweifel zum Ausdruck gebracht hätte, aber ich verkneife mir den Rest, denn sie springt auf und stellt sich auf die unterste Stufe des Klapphockers, womit sie mich um gut dreißig Zentimeter überragt. Sie mustert mich grimmig von oben bis unten, sodass ich mich wie Odysseus, also ein Niemand, vor Polyphem fühle. Ich habe allerdings größeres Glück als der Homerische Held, da die Anmut dieser süßen Botticellivenus, diesem Bild von einem Mädchen an der Abendkasse, umgekehrt proportional zur Grobheit des Großmauls aus dem klassischen Meisterwerk ist. Ein dünner schwarzer Lidstrich hebt ihre pechschwarzen Augen hervor, die einen strahlenden Gegensatz zu ihrer zarten weißen Haut bilden. In Anlehnung an meine vagen literarischen Erinnerungen aus der Schulzeit fällt mir Vergas Beschreibung der Figur der Lupa ein. Eine dicht gekrauste Mähne, dunkler als der schwarze Vulkansand, verleihen ihr das Aussehen eines mephistophelischen Pudels, das Erscheinungsbild des Teufels als er Faust erschien, nachdem dieser die Bedingungen für den berühmten Pakt ausgesprochen hatte. Ihre fleischigen Lippen jedoch gleichen feuerroten, soeben erblühten Rosen und öffnen sich zu einem strahlenden Lächeln, das sie in ihrem Glanz so fein und sinnlich erscheinen lässt, als wäre sie soeben einem geheimnisvollen Paradiesgarten entsprungen. Meinen Blick auf ihr Dekolletee bemerkt sie zum Glück nicht, jedenfalls gibt sie vor, nichts zu bemerken. Die magnetische Anziehungskraft dieses Busens erweckt in mir Bilder von einem glücklichen Neugeborenen vor seiner ersten Milchmahlzeit an der Mutterbrust.

Ich schließe auch hier den kurzen Einschub.

«Nur ein Verrückter», ich mache den Zauber zunichte, «kann an einem derart tragischen Abend ins Theater gehen.»

«Tragisch? Finden Sie nicht, dass Sie übertreiben? Allerdings habe ich noch keine Nachrichten gehört.

Schon den ganzen Nachmittag bin ich in Rätseln, Kreuzworträtseln und Bilderrätseln versunken, ich glaube, ich habe bereits alle gelöst. Sehen Sie her, ich bin schon durch…!» - und damit hält sie mir ein schwarz-weißes Heftchen unter die Nase. Es ist mit Bildern und Buchstaben übersät, deren Sinn ich im ersten Augenblick nicht erfassen kann.

«Erlauben Sie eine Frage?», sie steigt vom Hocker, womit sie wieder auf gleicher Höhe mit mir ist.

«Bitte!»

«Sie haben gesagt, dass nur ein Verrückter bei diesem Sauwetter ins Theater gehen kann.»

«Ja, und?» frage ich ungeduldig.

«Nun ja, wir beide, also Sie und ich, wir sind ja schon im Theater. Und wenn überhaupt, müsste unser 'Verrückter'» sie markiert die Anführungszeichen mit zwei Fingern, «ein weiterer Besucher, hierherkommen und nicht dorthin gehen, weil wir ja schon hier im Theater sind. Folglich müsste man: 'ins Theater gehen', die Bewegung zum Ort hin, syntaktisch besser mit: 'ins Theater kommen' beschreiben, also zu uns her. Richtig?»

«Sehr richtig. Nur, wenn dieser liebe Besucher heute nicht ins Theater geht oder kommt, dann wird es heute Abend, wenn ich richtig verstanden habe, keine Vorstellung geben, obwohl ich als einziger zahlender Besucher hier bin, richtig?»

Sie nickt. Heimlich werfe ich noch einen Blick auf ihren großzügigen Ausschnitt, nur um mich wieder an vorhin zu erinnern, denn die süßen Bilder in meinem Kopf sind schlichtweg atemberaubend. Sie hüstelt, vielleicht nur der Stimmbänder wegen oder weil es ihr peinlich ist und das bringt mich wieder ins Räumlich-Zeitliche, ins Hier und Jetzt, zurück, während es draußen weiter schneit und in der Stadt nichts mehr weitergeht.

«Keine Sorge, er hat immer diese Wirkung» damit entreißt sie mich meinen sinnlichen, offen gestanden: erotischen Gedanken und kehrt mit tänzelnden Schritten zur Kasse zurück. Die katzenartig geschmeidigen Bewegungen ihrer ideal geformten Gesäßbacken, verleihen ihr die kompakte, rundliche Form einer Mandoline.

Er? frage ich mich, der Blick auf den Busen oder auf ihr faszinierendes Hinterteil?

«Wo denken Sie hin?» tadelt sie mich, als ob sie meine Gedanken gelesen hätte. «Mit er meine ich den Theaterbesuch! Er bewirkt immer eine Entfremdung. So ist das, wenn man ins Theater geht oder kommt, kurzum, wenn man zum ersten Mal ein Theater besucht.»

«Entschuldigen Sie vielmals, junge Frau. Ganz abgesehen davon, dass ich schon wer weiß wie oft ins Theater gegangen oder gekommen bin, jedenfalls bereits ein paarmal, abgesehen davon habe ich den Theatersaal noch nicht betreten, die Vorstellung hat noch nicht begonnen, ich muss noch die Eintrittskarte lösen und folglich kann es noch gar keine… wie haben sie das genannt? ach ja… Entfremdung bewirken. Ich rede mit Ihnen hier, vor der Kasse, oder wie ihr Theaterleute dazu sagt, an der Abendkasse. Und ich bin mehr aus Verzweiflung hier, als um eine Vorstellung zu besuchen, wissen Sie? Mit meinem Auto komme ich nicht mehr weiter, es steht irgendwo da draußen, die Bar an der Ecke hat schon geschlossen, auf den Geh-

steigen kann man wegen der Schneedecke praktisch
nicht mehr gehen und folglich kann ich keine
andere Lokalität aufsuchen, weder ein Kino noch
ein Restaurant. Ich bin aus purem Zufall hier hereingegangen, eigentlich nur, weil hier offen war.
Und ich bin bereit hier zu bleiben, vorausgesetzt,
dass eine Vorstellung früher oder später stattfindet.»
«Keine Sorge» seufzt sie, «Sie werden es zur rechten
Zeit verstehen».
«Aber was sollte ich verstehen?» langsam werde ich
nervös.
«Dass es, wie Shakespeare sagt, im Himmel viel
mehr Dinge gibt als Sie sich mit ihrer Philosophie
vorstellen können.»
«Ich habe keine Philosophie!», ich verliere fast die
Geduld.
«Das ist eben das Problem. Keine Philosophie, keine
Weltanschauung, keine Sicht der Welt, nichts, null,
absolutes Nichts. Aber das Theater wird Ihnen
etwas vermitteln, eine Idee, ein Konzept, eine
Ansicht.»
«Aha», höhne ich, «dafür bezahlt man also beim
Eintritt.»
«Ja, durchaus» sagt sie und schlägt die Beine
übereinander. Es überläuft mich eiskalt, als ich
einen Blick durch den Schlitz ihres enganliegenden
Rocks erhasche. Ganz zu schweigen von ihren Reiterstiefeln, die mich in meiner schillernden Fantasie
zu einem gemeinsamen Ritt anregen. Ich muss mich
beherrschen, um nicht der Verführung des Tieres
im Manne zu erliegen, dem Tier, das bei derartigen
Alarmsignalen wild darauf los zu galoppieren be

ginnt - um es mit einer deftigen Metapher auszudrücken.

Ich frage mich nur eines: erwägt auch sie erotische Hintergedanken, beispielsweise wie sie mich provozieren könnte, oder ist sie derart naiv, dass sie die elektromagnetische Ladung ihres Körpers einsetzt, ohne im Entferntesten zu ahnen, was sie mit diesen scheinbar unschuldigen Gesten auslöst, wenn sie sich die Bleistiftspitze zwischen die Lippen schiebt und mit der Zunge die Lippen befeuchtet... das reicht, was zu viel ist, ist zu viel. Ich gehe zum schwarzen Brett und täusche Interesse an einem Zeitungsartikel vor, vermutlich eine Theaterrezension, die mit zwei Stecknadeln mit roten Köpfen befestigt ist, demselben Rot wie der Nagellack auf den langen, gepflegten Fingernägeln der jungen Frau.

«So eine Kälte!» ruft sie plötzlich als ob jemand die Glastür beim Eingang geöffnet hätte, um einen eiskalten Windstoß herein zu lassen.

«Zeitweilig fühle ich mich wie eine Hawaiianerin auf dem Gipfel des Mount Everest..., wissen Sie, ich liebe die Wärme, die angenehme Bettwärme zwischen Leintuch und Federdecke, verstehen Sie, was ich meine?»

Und wie ich das verstehe, aber das übergehe ich lieber.

«Eine Hawaiianerin auf dem Gipfel des Everest... wie fantasievoll!»

«Wir vom Theater haben viel Fantasie», rechtfertigt sie sich, «die brauchen wir, um Krisen wie diese zu bewältigen. Aber in Wahrheit ist die Krise für uns Normalzustand, Alltag, aufgrund ausbleibenden Publikums, der Konkurrenz der Medien… apropos Publikum, wer weiß, welcher Besucher gerade auf dem Weg zu uns ist!»

«Sie sind optimistisch. Woher wollen Sie wissen, dass…», ich suche nach dem rechten Wort, um eine weitere Diskussion über gehen und kommen zu vermeiden, «… dass noch jemand eintrifft?»

Sie seufzt, indem sie die Arme ausbreitet und die glamourösen Erhebungen ihres Busens blähen sich majestätisch zum Symbol vollkommener Weiblichkeit. Zugegeben, ich bin verstört. Ich bin im Tempel einer Göttin gelandet.

«Ich spüre es einfach. Denn sehen Sie, wenn auch in beschränktem Maße, innerhalb enger Grenzen, wenn auch nur auf das allernötigste beschränkt oder so wie bei uns, auf ein notwendiges, von der Gewerkschaft vorgeschriebenes Minimum reduziert, so wird es doch immer wieder jemanden geben, der ins Theater geht oder kommt.»

«Dann läuft es ja gut für euch Theaterleute.»

«Und auch für Sie.» Sie beginnt ein Konzept zu erklären, das ich nicht gleich erfasse.

«Für mich?» frage ich neugierig.

«Gewiss, auch für Sie, denn wenn wir nicht das erforderliche Mindestmaß von zwei Besuchern erreichen, um ein Publikum zu bilden, können wir die Vorstellung nicht geben, das wissen Sie schon. Aber nicht, weil wir nicht wollen, sondern weil ohne das Vorhandensein zweier sogenannter 'Gesichtspunkte', die sich der Unterschiedlichkeit voneinander bewusst sind, der Effekt der 'vierten Wand', die für das Theater unentbehrlich ist, d.h. nicht zustande kommt.»

«Und was ist diese 'vierte Wand'? Verzeihen Sie, das ist nicht mein Metier»

«Oh mein Gott», ihr Entsetzen ist echt, «Sie wissen nicht, was die 'vierte Wand' ist?»

«Nein, sollte ich mich dafür entschuldigen? Ich weiß nichts davon.»

«Haben sie noch nie von Stanislawski, dem größten aller Theaterkritiker, gehört?»

«Von Stanislawski schon, von der anderen Sache aber nicht. Ich habe Ihnen bereits gesagt, dass ich nicht vom Metier bin.»

«Verzeihen Sie, aber was machen Sie im Alltag?»

«Ich? Ich versuche, zurechtzukommen so gut ich kann, so wie alle anderen.»

«Genauer, was machen Sie beruflich?»

«Ich bin Handelsvertreter.»

«Sie spielen also Theater, da haben wir's!»

«Sie verwechseln mich mit jemand anderen, ich erinnere mich an ein Theaterstück, in dem es um jemanden geht, der denselben Beruf ausübt, eine traurige Geschichte.»

«'Tod eines Handelsreisenden' von Arthur Miller, die Figur heißt Willy Loman.»

«Sehen Sie, das bin nun einmal nicht ich» appelliere ich an ihren Hausverstand.

«Aber dieser Loman von Miller stellt auch Sie dar, das heißt, auch er muss eine Vorstellung geben, um die Produkte zu verkaufen, die er vertritt. Richtig?»

«In gewisser Hinsicht stimmt das» pflichte ich ihr bei.

«Er muss die Rolle des ehrlichen Verkäufers spielen, d.h. eine Marktstrategie anwenden, diese den diversen Situationen anpassen, indem er den *Plot,* die

Handlung, modifiziert, er muss kommunizieren und überzeugen, glaubwürdig sein, das heißt sich zeitweise in Tiraden ergehen...»

«Tiraden?»

«Das ist ein Fachausdruck für äußerst lange, wortreiche Monologe.»

«Ja sicher, auch das kommt vor.»

«Sie werden auch ein Konzept anwenden, das zu ihrem Beruf passt. Ich nenne Ihnen ein Beispiel: wenn Sie mit Kunden verhandeln, wissen Sie schon, was Sie zum Einstieg sagen, wie Sie vorgehen müssen, um den Wert ihres Produkts hervorzuheben, Sie werden Worte verwenden, die sich bereits als überzeugend erwiesen haben… Sie folgen demnach einem Schema, der Dramaturgie, und einer Reihe von Phrasen, die sie bereits auswendig können, da Sie diese bereits oft genug angewandt haben… und das wäre der Witz der Sache.»

Ich starre Sie verdutzt an. «Das kann man mehr oder weniger von jedem Beruf sagen, meine Liebe!»

«Wissen Sie, dass Sie recht haben?» Bei uns nennt man es 'Das große Welttheater'.»

«Ich würde meines mehr als eines 'sui generis' bezeichnen». Diesmal male ich die Anführungszeichen mit den Fingern in die Luft.

Sie schaut mich eine Weile entgeistert an, dann steigt sie erneut vom Hocker.

«Um auf das Konzept der 'vierten Wand' zurück zukommen…

«Ich bitte Sie, ersparen Sie mir das.»

In Wirklichkeit will ich nur dem bevorstehenden Theoriediskurs Einhalt gebieten, denn ich finde ihn zermürbend, aber offensichtlich war mein Tonfall nicht deutlich genug. Sie geht mit wiegenden Hüften auf mich zu und zeigt mit dem Finger auf mich… und ich sage mir: gib acht, gleich springt sie auf dich und… (hoffentlich) vergewaltigt sie dich… Meine Gedanken verlieren sich in einem Meer illusorischer Wahrnehmungen, in Düften, die gar nicht da sind, in exotischen Aromen… Aber sie weicht mir aus, lässt mich mit geschlossenen Augen stehen und auf den Kuss der Prinzessin warten und nun ertappe ich mich, wie ich hinter ihr herspringe wie der Frosch im Märchen.

«Schelm!», ruft sie, es klingt nach Zurechtweisung.

Da haben wir's, sie hat mich erwischt, sie hat meine Gedanken gelesen, ich stehe dumm da und stottere etwas, um mich zu rechtfertigen: «Ich habe etwas im Auge… ich möchte nicht, dass Sie schlecht von mir denken, ich würde es nie wagen!»

«Aber nein, wo denken Sie hin, was sollte ich Ihnen unterstellen, ich bin doch nicht boshaft! Wissen sie, 'Der Schelm oder der Unbedarfte' ist der Titel unserer Vorstellung.»

«Da bin ich aber froh! Ich bin Hals über Kopf hereingeplatzt, ohne den Titel auf dem Plakat zu lesen.»

«Es verbleibt jedoch die Tatsache», ihr Tonfall wird seltsamerweise forschend, «dass Sie den Titel der Komödie auf sich bezogen haben.» Und während sie das sagt, schiebt sie mit erhobenem Arm den Vorhang zum Saaleingang beiseite, um mich hereinzubitten und mir meinen Platz anzuweisen. «Und wissen Sie, warum dieses Missverständnis geschehen konnte? Weil zwischen uns jene 'vierte Wand' fehlt, die ich Ihnen zu erklären versuchte.»

«Fehlt sie, weil sie gefallen ist?

«Sie fehlt, weil sie nie da war... bitte, nehmen Sie Platz, Ihr Platz ist die Nummer sieben in der siebten Reihe. Ich begleite Sie hin.»

«Das brauchen Sie nicht. Siebte Reihe, siebter Platz. Und die anderen?

«Wie? Welche anderen?»

«Wenn Sie mir einen Platz zuweisen, auf dem ich sitzen muss, wird das wohl heißen, dass die anderen Plätze reserviert sind und dass andere Besucher kommen müssen, das wäre in meinen Augen ganz logisch.»

«Und finden Sie es auch logisch, dass der Schnee in Rom schon einen Meter hoch ist?»

«Was, bereits einen Meter?»

«Und es schneit immer stärker.»

«Dann kommt aber niemand mehr.»

«Wahrscheinlich nicht.»

«Was ist dann? Keine Vorstellung?»

«Verzeihen Sie, was habe ich Ihnen vorhin gesagt?»

«Dass für die Vorstellung, d.h. um die Wirkung der 'vierten Wand' zu erzielen, mindestens zwei Besucher im Raum sein müssen.»

«Sehr gut.»

«Aber ich bin nur einer», wende ich ein.

«Und was glauben Sie, was ich bin?»

«Kassiererin an der Abendkasse?»

«Kalt» sagt sie wie beim Suchspiel.

«Platzanweiserin?»

«Kalt», wiederholt sie.

«Begleitdame?», damit will ich sie provozieren.

«Lauwarm» lässt sie immerhin zu und setzt sich neben mich.

Der weibliche Duft, ein Gemisch aus süßlichem Schweiß und irgendeinem Markenparfüm, lässt mein Blut wallen und ich erwärme mich törichterweise dafür, ihre Aussage wie einen Zauberspruch zu wiederholen.

«Ja, lauwarm, aber worum geht es hier?»

«Ich bin hier nicht ihre Begleitdame, aber ich kann Ihnen behilflich sein, ein angemessenes Verhältnis zwischen Ihnen, der dargestellten Wirklichkeit und der Vorstellung der Wirklichkeit aufzubauen.»

«Was soll das, ist das ein Scherz? Wollen Sie mich auf den Arm nehmen?

«Ganz im Gegenteil» bemerkt sie überzeugend, «ich nehme Sie ernst, daher setze ich mich neben Sie, um die notwendige Dreieckssituation zu bilden, den Theatereffekt der… na, sagen Sie schon!»

«… den Theatereffekt der ‹vierten Wand›.» Damit wiederhole ich die vorhin erfahrene Belehrung.

«Bravo!»

Noch bevor ich mich für das Lob bedanken oder es zurückgeben kann, gehen die Lichter aus und ein *psst!* geht durch den Raum wie die Aufforderung leise zu sein. Ich kann nicht sagen, woher es kommen sollte, es sei denn, von einem Geist. Wie mysteriös, die Anwesenheit eines Geistes! Oder vielleicht ist es doch eher eine Person, die sich für den Auftritt bereithält. Tatsächlich öffnet sich langsam der rote Vorhang und enthüllt eine extrem karge Inszenierung. Da steht nichts anderes als ein Sitz, besser gesagt ein Hocker, aber es ist derselbe Hocker, der Klapphocker, auf dem die junge Frau, die jetzt neben mir sitzt, vorhin gesessen ist. Sie starrt mit weit aufgerissenen Augen und geöffnetem

Mund und wirkt aus unerklärlichen Gründen begeistert, als erblickte sie ein bühnentechnisches Wun-
derwerk.

Und im selben Augenblick trifft mich das Über-
raschungsmoment wie ein Hieb in den Magen.
Soeben tritt ein Herr auf, aber nicht irgendein Herr,
du lieber Schreck, den kenne ich! Dieser etwas
verstört und unentschlossen wirkende Herr bin ich
und - eine weitere Überraschung aus dem Osterei
dieses Theaters - auf der anderen Seite tritt eine
junge Frau hinter den Kulissen hervor, dieselbe
junge Frau, die neben mir sitzt, die Kassiererin! Wir,
besser gesagt die beiden auf der Bühne, gleichen mir
und der jungen Frau neben mir, beide sind gleich
gekleidet wie wir und plaudern über Belanglo-
sigkeiten. Sie flüstern und zwischendurch gelangt
etwas an mein Ohr wie 'vierte Wand', Besucher,
Vorstellung, Theater, Schnee, viel Schnee. Dann
lässt die junge Frau den Herrn, der ich sein soll,
Platz nehmen und zwar in einem weiteren Theater-
raum, der sich wie durch ein magisches Spiel
ineinander verschachtelter Rückblenden zu einem
weiteren Theater hin öffnet, dem gleichen, in dem
ich gerade bin. Sie setzen sich exakt in die siebte
Reihe auf die Sitzplätze Nummer sieben und acht,
während auf der Bühne eine dritte Person auftaucht,
die selbe wie die zweite und die erste, die ja ich bin,
dann eine junge Frau, ich brauche es gar nicht zu
wiederholen, die gleiche wie die beiden davor. Sie
führen die gleichen Handlungen, die gleichen Gesten aus und betreten ebenfalls ein weiteres Theater.
Und sie, also eigentlich wir alle zusammen, werden
zu unendlich vielen Zuschauern in unendlich vielen

Theatern und wir werden so zahllos wie die Schnee-
flocken, die draußen vom Himmel fallen.
Jetzt begreife ich, warum ich beschlossen hatte, nie
wieder einen Fuß in ein Theater zu setzen! Außerdem hat es eine befremdliche Wirkung auf mich…

3.

«Wie fühlen Sie sich?»
Die besorgte Stimme des Mädchens reißt mich aus einem Kurzschlaf, in den ich gesunken war und der mich starr wie ein Holzklotz werden ließ. Ich rüttle mich, um die letzten Reste dessen abzuschütteln, was man mit Fug und Recht Schlaftrunkenheit nennen darf. Das ist nun einmal die deprimierende Wirkung, die das Theater auf mich hat. Ich werde unendlich müde, wenn ich eine Stimme deklamieren höre oder besser und ganz ehrlich, ohne jemanden beleidigen zu wollen, wenn ich eine Stimme höre, die den Mond anbellt. Natürlich behalte ich das für mich und versuche, mich durch die erstbeste Entschuldigung, die mir in den Sinn kommt, aus der peinlichen Situation zu retten.
«Ich weiß nicht..., ich erinnere mich nicht..., wo sind wir hier?»
Ich erwarte mir eine ruhige, freundliche Antwort von meiner süßen Begleiterin, stattdessen höre ich von der Bühne her eine grollende Stimme donnern, die zielgerichtet mich meint!
«Wir sind hier im Theater, lieber Herr, ist Ihnen das nicht aufgefallen?»
Ich schaue hinauf und es trifft mich fast der Schlag, als ich einen hageren Riesen sehe. Er trägt einen dicken Mantel wie im Film 'Die Gebrüder Karamasow' (oder 'Der Idiot' von Dostojewski, nur dass in diesem Fall ich der Idiot bin!), seine Augen blitzen vor Wut und er nuschelt Worte, die ich kaum verstehen kann, wahrscheinlich Beleidigungen

in irgendeinem ostgotischen Dialekt oder einem Dialekt aus der Poebene, jedenfalls aus dem Norden Italiens. Er steht auf der Bühne, direkt vor mir armen Zuschauer, der ich fast gelähmt vor Schreck in meinen Sitz in der ersten Reihe versinke und er scheint mich fressen zu wollen.

«Meinen Sie mich?» frage ich unbedarft.

«Wen sonst?» höhnt er und deutet mit einer weiten Handbewegung auf das ganze Publikum. Vermutlich hatte sich der Theatersaal gefüllt, während ich vor mich hin schnarchte.

«Sehen Sie nicht, dass sich die anderen Zuschauer, ganz im Gegensatz zu Ihnen, aufmerksam und ruhig verhalten?»

«So ein Theater! Ich habe ja nur ein Nickerchen gemacht…»

Wäre mir dieses Wort doch nie über die Lippen gekommen, *Nickerchen!* Allein als er das hört, schreit er auf wie eine schwerverletzte Bestie und springt rasend vor Wut umher.

«Nickerchen, Sie nennen es Nickerchen! Robb de’ matt’, mein lieber Herr» und er übersetzt: «verrücktes Zeug!»

Ich versuche, mich zu rechtfertigen, behaupte, nur für einen Augenblick die Augen geschlossen zu haben, das war’s. Was soll daran schlimm sein? Aber anstatt ihn zu beruhigen, scheinen meine Worte nur einen weiteren Wutanfall auszulösen. Er trampelt auf dem Boden herum und knöpft seinen Mantel auf, um ihn plump auf die Vorbühne fallen zu lassen.

«Da haben Sie’s, sehen Sie?», flüstert mir die erschrockene junge Frau ins Ohr.

«Sie haben ihn gezwungen, die Maske abzulegen, kurzum, sie fallen zu lassen… aus seiner Rolle zu fallen…
«Ich?», wundere ich mich.
«Ja Sie, Sie persönlich, mit ihrem vollkommen unzulässigen Verhalten. Wissen Sie denn, was Sie gemacht haben? Wollen Sie das wirklich wissen? Ich verrate es Ihnen: Sie haben den Zauber zerstört, das kathartische Fließen zwischen der *dramatis persona* und dem Medium der Katharsis zwischen Publikum und Schausp...»
«Verzeihen Sie, aber ich verstehe gar nichts!» jetzt reißt mir aber endgültig der Faden der Geduld.
«Ich glaube Ihnen sogar», behauptet der Hagere von der Bühne her, «dass Sie nichts verstehen, dass Sie von der Schauspielkunst keinen blassen Schimmer haben! Ich frage mich, wie man ins Theater gehen kann ohne ein Minimum an Theaterkultur, ohne die geringste Vorbereitung, ohne… ohne Eier, wenn Sie mich für meine Ausdrucksweise entschuldigen!»
«Jetzt machen Sie aber einen Punkt!» unterbreche ich ihn entschlossen und ich sage ihm ins Gesicht, was ich denke: «Sie gehen mir gehörig auf die Nerven! Und wenn Sie es genau wissen wollen, schon von Anfang an, ja, bereits seitdem Sie begonnen haben zu rezitieren, haben Sie anstelle ach so kathartischer Schauder ein unwiderstehliches Absinken meiner Augenlider bewirkt. Sie sind ein Langweiler, ziehen wie ein drittklassiger Mittelschullehrer zu Felde und von all dem, was sie von sich gegeben haben, habe ich mir kein einziges Wort gemerkt!»

Ich spüre, wie das Mädchen neben mir zitternd den Atem anhält und auf die Reaktion des Hageren Histrione wartet, der sich aber zu beruhigen scheint und sich *urbi et orbi*, wie ein Papstvater, allen Anwesenden zuwendet - ganz zu meiner Überraschung muss ich gestehen, denn auch ich hätte eher ein großes Geschrei seinerseits erwartet.

«Meine Damen und Herren, hier haben Sie ein klassisches Beispiel für einen ungebildeten Theaterbesucher, der aufgrund seines unschicklichen Benehmens die Schauspieler zwingt, ihren Vortrag zu unterbrechen.»

«Aber was sagen Sie da?», diesmal bin ich der Wütende, «nichts von all dem trifft auf mich zu, ein leichter Anfall vergänglicher Müdigkeit, mehr war es nicht.»

«Sehr geehrte Damen und Herren», fährt er unbeirrt fort und wendet sich den Besuchern zu, die mich mustern, als ob ich ein seltenes Exemplar aus einem Wanderzirkus wäre.

«Wir haben ihn alle gehört, nicht wahr, diesen Herren, schnarcht wie Polyphem, nachdem er Odysseus' Seeleute verschlungen hat. Und als ob dieses Grunzen allein nicht genug wäre, lässt dieser Herr, nicht wahr, jedes Mal einen wenig vornehmen Nasallaut folgen, der in der Tonhöhe eines Giemens angesiedelt ist, also eines Pfiffs, gerade so:» und indem er versucht, mich nachzuahmen, beginnt er zu schnarchen und zu pfeifen. Dann dreht er sich wieder zu mir. «Ist das ein Nickerchen für Sie? Das ist eine ME 109 im Sturzflug, lieber Herr, nicht wahr? Und als ob das immer noch nicht reichte, und ich betone dieses 'immer noch nicht', haben Sie sich vorgedrängt, um vor meinen Augen Ihren grauenhaften Mund aufzureißen, eine verheerende, ja vollkommen vernichtende Vorstellung für einen Komödianten, der mit der mimischen Konzentration kämpft.»

Aus dem Augenwinkel heraus nehme ich wahr, dass der ganze Theatersaal gegen mich ist, da bei der Beschimpfung und den Anschuldigungen des Hageren Histrione alle nicken. Der Saal scheint sich in einen Gerichtssaal verwandelt zu haben, in dem ein mutmaßlicher Vergewaltiger von einem Schwurgericht gerichtet werden soll, dem ausschließlich das schöne Geschlecht angehört. Letzteres würde ihn bedingungslos und ohne jedwede Straferleichterung verurteilen, nur weil er dem entgegengesetzten Geschlecht angehört, somit mitverantwortlich ist für das Geschlecht als solches und die ungestraft gelebte Existenz als Mann. Dieses Schwurgericht würde ihn folglich verurteilen, auch wenn er im Falle der ihm zugeschriebenen Straftat sowohl als Einzelner als auch als Person unschuldig wäre.

«Nun», versuche ich mich vor der Anklage meines gespenstischen Publikums zu verteidigen, «die junge Frau, die mich freundlicherweise an meinen Platz begleitet hat und jetzt neben mir sitzt, hätte mir einen leichten Stoß mit dem Ellbogen geben können, um mich aufzuwecken, nicht?»

«Das hat sie gemacht, mein lieber Herr, und wie! Einen Stoß, zwei, drei, aber Sie? Nichts, keine Reaktion, Sie haben weiter geschnarcht und gepfiffen, Zum Henker! Gepfiffen und geschnarcht und dabei haben Sie mich derart gestört, dass ich - und das tut mir für die anderen Besucher leid - wirklich nicht mehr weiterspielen konnte und gezwungen war aufzuhören.»

An dieser Stelle durchbricht die junge Frau die angespannte Stille und versucht, mir die Situation genauer zu erklären.

«Lieber Herr, das Theater ist ein Ort der Freiheit, ein Raum, in dem Menschen zu anderen Menschen sprechen. Eine der wenigen 'weltlichen Versammlungen', die es in unserer Gesellschaft noch gibt und die seit Jahrhunderten durch einige einfache Regeln geschützt sind. Die erste und meines Erachtens wichtigste Regel bezieht sich auf den gegenseitigen Respekt. Schauspieler und Zuschauer kommen stillschweigend überein, aus freien Stücken am Geschehen teilzuhaben. Das Theater ist ein Ort, an dem Meinungsverschiedenheiten zum Glück noch möglich sind. Geäußert werden sie, aufgrund allgemeiner Übereinkunft, am Ende einer Aufführung, sei es eine Theatervorstellung, ein Konzert, eine Oper oder ein Film. Diese Übereinkunft hindert niemanden am Abgang, d.h. früher aufzustehen und wegzugehen, (gegebenenfalls gegen Spesenrückvergütung für die erworbene Eintrittskarte), wenn das Vorgeführte in offenkundigem Gegensatz zu den eigenen Erwartungen, Glaubensgrundsätzen, Werten oder Vorlieben steht. Das Theater ist ein Ort der Freiheit. Sind wir uns darüber einig?

«Wenn Sie meinen…», Schulterzucken meinerseits.

«Wunderbar. Aber dann ist es ein - wenn auch schmerzlicher - Akt der Freiheit, wenn sich ein Schauspieler gezwungen sieht, seinen Vortrag zu unterbrechen, um sich und das Publikum vor demjenigen zu schützen, der das alles missachtet und wissentlich beschließt, keine Rücksicht darauf zu nehmen. Nehmen wir an, eine Person möchte eine Vorstellung besuchen, deren Inhalt folgendermaßen lautet: Inszenierung von sieben Theaterlektionen von 1940 durch den großen französischen Schauspieler Louis Jouvet, über den Monolog der Donna Elvira aus dem vierten Akt des Don Giovanni von Molière. Dies geht wie immer aus dem Theaterprogramm, aus Pressemitteilungen, aus Interviews oder aus Postings in diversen sozialen Medien hervor. Man könnte annehmen, dass diese Person bereits beim Kauf der Eintrittskarte sehr wohl weiß, was sie erwartet. Ich wiederhole, dennoch bleibt die Freiheit durch die Möglichkeit aufrecht, wegzugehen und sich das *achtlos* ausgegebene Geld zurückgeben zu lassen, wenn die Vorstellung nicht gefällt oder die Erwartungen nicht erfüllt.»

«Ach wirklich? Also wissen Sie, junge Frau, ich verließe gern diesen Narrenkäfig, wenn ich könnte, wenn nur nicht das Wetter wäre, das wir jetzt haben! Aber nein, ich muss mich hier verkriechen und mich von diesem Wanderzirkus auf den Arm nehmen lassen und von diesem mächtigen Dompteur, der mich auf die Palme treibt, damit ich wie ein abgerichteter Schimpanse auf den Sessel springe, mir reicht's!» Aber mein Protest erzielt keinerlei Wirkung, ganz im Gegenteil, sie pflichtet mir nicht bei, sondern fährt mit einem leicht ironischen Lächeln auf den Lippen fort, als ob sie meine vehemente Reaktion bereits erwartet hätte und holt nun zum Gegenschlag aus, indem sie mich auslacht, diese perfide Person!

«Lassen Sie mich ausreden, dann können Sie antworten.»

«Das habe ich bereits, ein für allemal, wenn Sie gestatten. Haben Sie verstanden, was das bedeutet?»

«Ja, dass Sie es nicht wiederholen.»

«Wenn Sie es schon wissen, lassen Sie mich in Frieden, ich habe es satt, Zielscheibe der Spöttelei zu sein, denn ich bin ein zahlender Besucher, der seine Rechte wahrnimmt. Es wird doch irgendwo eine Charta für Zuschauerrechte geben! Der Zuschauer behält seinen freien Willen und seine Urteilsfreiheit bei, auch wenn ihn die Vorstellung in Tiefschlaf versetzt!»

«Niemand macht Ihnen Ihre Rechte strittig, aber ich möchte Sie auf Ihre Pflichten verweisen.»

«Und was für Pflichten sollte ich Ihrer Meinung nach haben? Alles hinzunehmen oder, wie man hierzulande sagt, alles zu schlucken, ohne mit der Wimper zu zucken?»

Sie holt tief Luft und hebt dabei ihren üppigen Busen – sie macht wohl vom berühmten Recht auf Gegenwehr Gebrauch - mir aber raubt sie den Atem. Mit offenem Mund sitze ich da, starre gebannt in die Rille, die mich an ein paradiesisches Tal denken lässt und mir ist, als wäre ich Adam, der die nackte Eva mit riesigen Äpfeln erblickt (ein weiteres, typisch römisches Bild, das im Film «Rugantino» gut aufgehoben wäre). Es stimmt, ich hänge an ihren Lippen… metaphorisch gesprochen, aber offen gestanden sind es nicht ihre Lippen, die mich anziehen wie der Honig die Bienen, es sind ihre prallen Brüste, die sie mir in gespielter Naivität, aus weiblicher List entgegenstreckt, geradeso wie es die erste

Sünderin beim ersten Idioten machte, der bereit war, sich in die Geschichte der Menschheit einzwängen zu lassen, was im Übrigen in der heiligen Schrift nachzulesen ist.

«Rechte und Freiheiten muss man sich nehmen!»
Ich trenne mich von meinen himmlischen Bildern und bin derart entzückt von der Vision meiner lieblich verruchten Traumfrau, dass ich ihre Worte einen Augenblick lang als Einladung verstehe, mir die Freiheit herauszunehmen. Ich bin versucht, die Hand nach ihr auszustrecken, aber das grause Schicksal hält eine eiskalte Ernüchterung für mich bereit. Die junge Frau bleibt bei ihrer Meinung und achtet nicht darauf, dass ich auf meinem Sitz langsam in Richtung ihrer Kniee rutsche. In Fahrt geraten setzt sie fort:
«Das ist keine Freiheit, im Gegenteil, es deutet auf Unbildung und Respektlosigkeit gegenüber seinesgleichen auf der Bühne oder im Parkett, wenn man auf seinem Platz sitzen bleibt, noch dazu in der ersten Reihe, praktisch vor der Nase der Schauspieler und wenn man sich die ganze Zeit unangemessen, unhöflich, ja geradezu grausam verhält, laut und deutlich prustet, sein Missfallen den Schauspielern zu verstehen gibt oder immer wieder nach dem Mobiltelefon sucht, um die x-te Kurznachricht zu lesen. Aber die Reaktion unseres Schauspielers, der wirklich Größe hat, kam nicht sofort. Er hat bis zur sechsten der sieben angekündigten Lektionen durchgehalten, um Sie dann mit höflicher Bestimmtheit aufzufordern, sich nach draußen zu begeben: 'ich habe nichts gegen Sie, aber wenn Ihnen diese Aufführung nicht gefällt, wie Sie uns

bereits von Beginn an zu verstehen gegeben haben, dann können Sie gehen.’ Diese Worte wurden von einem überzeugten Publikumsapplaus untermauert. So wie ich, war sich auch das Publikum bewusst, Zeugen des Geschehens zu sein.»

«Sind Sie fertig mit diesem Schwachsinn?» Ja, nun werde auch ich loslegen, denn was sich da abspielt, enttäuscht mich maßlos. «Junge Frau lassen Sie sich sagen, dass Ihr Kommentar nebensächlich und unbedeutend ist. Solange ein Besucher applaudiert oder Gefallen äußert, ist alles gut. Im gegenteiligen Fall wird der Schrei wegen verletzter Würde laut. Was Ihre Behauptungen bezüglich des großartigen Schauspielers betrifft, so hätte er als professioneller Schauspieler darüber hinwegsehen und weitermachen müssen, anstatt sich hinzustellen und die Löcher in meinen Zähnen zu zählen!»

Es wäre besser gewesen den Mund zu halten und das zärtliche Beisammensein mit meiner Sitznachbarin fortzusetzen, aber nachdem schon wieder von ihm die Rede war, sieht sich der Hagere Histrione veranlasst, einen erneuten Angriff zu starten. Diese Nervensäge!

«Aber hier geht es nicht um verletzte Würde. Sie müssen mir gestatten zu antworten.»

«Nichts zu machen!» ich werde nervös. «Kümmern Sie sich einzig und allein um das Rezitieren, das reicht und liefern Sie sich mit den Besuchern keinen Schlagabtausch!»

«Wir alle haben gesehen, mein lieber Herr, wie Sie ihre Augäpfel auf das Dekolletee des armen Mädchens geheftet haben! Dann wollten Sie auch noch die Hand nach ihrem Knie ausstrecken!»

«Wann sollte das jemals geschehen sein?» Ich streite alles ab, auch wenn ich weiß, dass er nicht einmal so unrecht hat. «Sie sind lediglich ein Histrione, der von der Bühne herab seine Predigt hält, aber sobald Sie von dort oben herunterkommen, werden Sie nichts mehr sagen.»

«Und wer hindert mich bitteschön daran, Sie? Wenn Sie nicht einmal den Mut haben, Ihre Avancen erfolgreich fortzusetzen, wie wollen Sie es dann mit mir aufnehmen? Na, sagen Sie schon, wir hören!»

«Avancen? Wovon reden Sie? Sie sind ein elender Schmierenkomödiant, obendrein ein ganz und gar Ungezogener.»

Daraufhin geht ein Murmeln und Raunen durch den Saal, man befürchtet das Schlimmste. Werden wir handgreiflich? Ja vielleicht, vielleicht wären wir, der Hagere Histrione und ich, uns tatsächlich in die Haare geraten: entweder hätte ich die Bühne erklommen, um ihn zu ohrfeigen oder er wäre herunter gekommen, um mir einen Kinnhaken zu verpassen. Aug um Auge, Zahn um Zahn.

Aber ich frage mich, ob es der Mühe wert ist, sich zu prügeln. Daher suche ich nach einer Ausrede, um mich aus dem Konflikt zu winden, ohne den Eindruck zu erwecken, aus Angst vor der körperlichen Auseinandersetzung, zum Rückzug zu blasen.

«Bedanken Sie sich beim anwesenden schönen Geschlecht und der freundlichen jungen Frau, die die Güte hat, mich an diesem desaströsen Abend zu begleiten… und ich werde still sein!»

«Sie tun gut daran zu schweigen, ich werde es ebenfalls, Sie Rüpel!» sagt er, indem er die finale Beleidigung nur noch halblaut anfügt.

«Flegel!» erwidere ich schlagfertig, aber ebenfalls mit leiser werdender Stimme, wie ein Donner, der mit zunehmender Entfernung des Gewitters immer leiser wird. Die junge Frau versucht, wieder Ruhe einkehren zu lassen.

«Ich zolle Ihnen Respekt… aber glauben Sie mir, er ist kein Flegel, er braucht keine schmachtenden Blicke und auch keine Bekanntheit.

Es ist bereits in der Vergangenheit vorgekommen, dass er Opfer höchst unerfreulicher, völlig grundloser Angriffe wurde und das rechtfertigt gewissermaßen meine Antwort. Nichts gegen Sie, das wäre ja noch schöner, aber…»

«Aber was, wenn man fragen darf?» Ich kehre zu meiner halsstarrigen Haltung zurück.

Die junge Frau bleibt ruhig und wechselt einen einvernehmlichen Blick mit dem Hageren Histrione, der sich vorn an die Kante setzt und die Beine baumeln lässt, als wollte er einen Sitzprotest oder eine öffentliche Diskussion ins Leben rufen.

«Wollen wir hören, was die anderen dazu sagen?»

«Die anderen? Wer sind die anderen?»

«Die anderen Besucher, mein lieber Herr. Sie werden doch auch das Recht haben, ihre Meinung zu sagen. Schließlich war ich wegen Ihnen gezwungen, die Vorführung zu unterbrechen.»

«Hören Sie, ersparen Sie mir in erster Linie die Anrede ‘lieber Herr’, denn das stinkt mir nach Verarschung. Was diese irrealen Anderen betrifft, weiß ich nicht, woher sie aufgetaucht sein sollen. Als ich hier ankam, war noch keiner da, niemand!... und es hat auch niemand den Saal mit mir betreten. Wenn ich mich genau erinnere, war da niemand, auf den

Sesseln saß noch keiner, außer ich natürlich und die freundliche junge Frau. Denn ohne uns beide hätte aufgrund dieses, wie war das? Aufgrund des Gesetzes der vierten…»

«Wand, der vierten Wand» ergänzt die junge Frau voller Stolz, dass ich mir irgendetwas von ihrer Belehrung gemerkt habe.

«Genau, das Gesetz von diesem Strawinsky…»

«Nein, Stanislawski» korrigiert sie mich.

«Nachdem es eben mindestens zwei Zuschauer braucht, damit… damit das Theater seine Wirkung erzielen kann, richtig?»

«Einigermaßen», stimmt die junge Frau großzügig zu, aber der Hagere Histrione schüttelt den Kopf wie der Präsident einer Prüfungskommission.

«Ich wette, dass Sie sich fragen, woher zum Teufel die anderen Zuschauer plötzlich kommen, das sogenannte Publikum, nicht wahr?»

Ich beschränke mich auf ein: «Genau.»

«Nun, Sie müssen eingeschlafen sein, als die Lichter aus waren und die anderen leise und ohne die Vorstellung zu stören, Platz genommen haben.»

«Ach, wirklich? Sie sollen Platz genommen haben als die Vorstellung bereits lief, aber der serienmäßige Störenfried des Abends bin ausgerechnet ich, der, das sei betont, nicht einmal hierherkommen wollte!»

«Und wer, lieber Herr, hat Sie gezwungen, hierher zu kommen?»

Wenn das Kinn dieses Schmierenkomödianten in Reichweite wäre, würde ich ihm wegen der ironischen Anrede seine gepuderte Fresse polieren, denn dieses 'lieber Herr' klingt in meinen Ohren höhnisch und überhaupt nicht nett.

«Der Schnee, zum Teufel, ich bin wegen des Schnees hier hereingekommen, die junge Frau kann es bezeugen!»

«Ja, das stimmt,» pflichtet mir meine Sitznachbarin bei, «der Herr ist wegen des Schnees hereingekommen.»

«Schnee? Was für ein Schnee?» wundert sich der Komödiant und tut, als ob er nicht wüsste, was außerhalb dieses verfluchten Theaters los ist.

«Es schneit, wie es dem Herrn gefällt, Herr Schmierenkomödiant!» provoziere ich ihn.

Aber er bewahrt die Ruhe. Er hat verstanden, dass er mich mit diesem überlegenen Gehabe mehr ärgert als mit einem Zweikampf.

«Schnee? In Rom? Soll das ein Scherz sein?»

«Aber nein, es liegt alles darnieder, deshalb bin ich auch hier, obwohl ich das Theater nicht mag.»

«Freilich,» fährt er unbeirrt fort, «Sie mögen es nicht, aber Sie benutzen es.»

«Als zeitweiligen Unterschlupf, eine Bar oder ein Restaurant wären mir lieber, das können Sie mir glauben!»

«Gewiss, das sagen sie alle, dann gehen Sie doch ins Theater. Sie schlafen ein, wohl auch wegen der Müdigkeit am Ende eines Arbeitstages, ich zitiere Dr. Hinkfuß...»

«Wen?», lenke ich ab.

Zahllose entsetzte Blicke sind auf mich gerichtet.

«Wie» wundert sich die junge Frau, «Sie kennen Direktor Hinkfuß, den Theaterdirektor in 'Heute

Abend wird aus dem Stegreif gespielt’ von Pirandello nicht?»

«Ich habe nicht das Vergnügen», gebe ich kurz angebunden zurück.

«Dann wissen Sie nicht, dass wir heute das Meisterwerk von Pirandello aufführen, dessen Hauptfigur eben dieser Direktor Hinkfuß ist?»

«Nein, absolut nicht, ich weiß überhaupt nichts von dem, was ihr aufführt, die junge Frau kann es bezeugen, ich bin nur zufällig hierhergekommen, weil ich durchnässte Füße hatte, es gab einen Stau und ich konnte nicht in der Kälte darauf warten bis sich alles wieder normalisiert, das war alles.»

Das war alles? Bei weitem nicht! Der Hagere Histrione schneidet eine Grimasse und macht eine Handbewegung, um seine Enttäuschung über meine Aufzählung auszudrücken, die seines Erachtens: ui ui ui! ignorant ist.

«Sie sollten wissen, dass ich vorhin gerade den Monolog des Theaterdirektors Hinkfuß aus ‘Heute Abend wird aus dem Stegreif gespielt’ rezitierte, wo Pirandello seine Figur sagen lässt:...», er räuspert sich, *«Nach einem Tag schwerer Belastungen und großer Sorgen, Ängste und Nöte aller Art, wollen die Besucher abends im Theater unterhalten werden.»*

«Unterhalten werden, im Theater? Mit dem Zeug? Ich bitte Sie!», behaupte ich zänkisch. «Wenn es nicht wegen des Wetters gewesen wäre und der weißen Schneedecke, die die Stadt lahmlegt, hätte ich mir gern eine andere Unterhaltung ausgesucht, was weiß ich? Vielleicht hätte ich mir einen Teller Spaghetti reingezogen, einen Sprung in die Diskothek gemacht, mich in einer Bar angetrunken, ein

Bordell... Aber leider war alles zu, teils wegen des Schnees, was die öffentlichen Lokale betrifft, teils von Gesetzes wegen, wie z.B. die Laufhäuser...»
Ich erröte, aber zum Glück ist schwaches Licht im Parkett und keinem fällt auf, wie rot ich angelaufen bin. Nur dem Hageren Histrione entgeht meine Schwäche nicht und er versucht, sich mit den anderen Besuchern gegen mich zu verbünden.
«Jetzt möchte ich wirklich wissen, was die Anwesenden darüber denken, bitte, bitte sehr meine Damen und Herren, Sie dürfen sich frei äußern, während ich versuche, die nötige Konzentration wiederzuerlangen...»
Muss ich jetzt erdulden, dass mir eine Art öffentlicher Prozess gemacht wird? Ich möchte aufstehen und weggehen, aber wohin? Wenn es in Rom schneit, gerät es zum Desaster. Es ist bekannt, dass diese Stadt nicht dafür gerüstet ist, Notsituationen solcher Art wirksam entgegenzuwirken. Aufstehen und weggehen ist leicht gesagt, aber wie lange muss ich mich herumtreiben wie eine frierende nächtliche Spaziergängerin, wenn die Freier wie vom Erdboden verschluckt sind? Daher beruhige ich mich und beschließe mitzumachen, bei diesem...nennen wir es ruhig beim Namen: Affentheater!
Hinter mir beginnt jemand, zu klagen:
«Es gibt Leute, die keine Ahnung haben, wo sie sich befinden. Das passiert im Theater, im Kino, überall und andauernd. Das ist eine ungeheure Respektlosigkeit denjenigen gegenüber, die daran arbeiten, das darzustellen, was über das Stück hinausgeht. Ich habe einmal eine Aufführung von diesem Schau-

spieler erlebt und eine Frau sagte mit lauter Stimme seinen Text, bevor er ihn rezitierte. Mich hat das gestört und Sie können sich vorstellen, wie sehr es den Schauspieler gestört hat.»
Ich drehe mich um, damit ich diesem Schwachkopf ins Gesicht schauen kann. Was habe ich mit dieser Frau zu tun? Aber der Typ, der noch soeben sprach, hat sich wieder auf seinen Platz gesetzt und versteckt sich hinter den anonymen Gesichtern der anderen Besucher, die völlig bewegungslos dasitzen. Und noch während ich ihn in der Menge, womöglich durch einen ängstlichen Blick oder ein leichtes Zittern zu erkennen suche, explodiert hinter meinem Rücken eine weitere Stimme.
«Das ist einer der Gründe, warum ich nicht mehr ins Theater und auch nicht mehr ins Kino gehe. Anscheinend trifft man sich dort, um mir auf den Sack zu gehen. Einmal, das war echt das Schlimmste, wo mir ein total verrückter Idiot im Nacken saß, der den gesamten Text vorsagte und dabei lauter war als die Schauspieler. Was sollte ich machen, ihn ohrfeigen? Dann wäre ich der Idiot gewesen...»
Zeig dich, lass dich sehen! Dummköpfe, knurre ich innerlich und drehe mich um wie ein von einem Wolfsrudel umstellter Hund, aber leider gibt es auch dieses Mal kein Gesicht zur Stimme, weil sich alles in der Anonymität der Masse verliert. Noch ehe ich meinen Unmut äußern kann, verstärkt eine weitere Wortmeldung den allgemeinen Tenor. Wie ärgerlich!
«Ich bin ganz derselben Meinung. Diese Verhaltensweisen stören in erster Linie die anderen Besucher, die ja volles Recht darauf haben, die Aufführung in aller Ruhe zu verfolgen, ohne durch das Gäh-

nen anderer gestört oder vom Schein fremder Mobiltelefone geblendet zu werden.»

Eine weitere Stimme wird laut:

«Man muss schlechtes Benehmen bekämpfen. Ich könnte wetten, dass es den Schauspieler mehr stört als alle anderen. Vielleicht hat er innerlich schon geflucht. Früher oder unter anderen Umständen hätte er das ganze durchgestanden und bestimmt hat er das auch bis dahin gemacht. Aber ich kann mir vorstellen, dass ihm früher oder später der Kragen platzt...»

Verdammt, und wenn mir der Kragen platzt? Aber auch bei diesem Zwischenruf habe ich nicht das Glück, den Sprecher ausfindig zu machen.

Und jetzt fangen auch noch die Besucherinnen an, mich fertig zu machen.

«Da sind wir ganz einer Meinung. Die Respektlosigkeit, die fehlende Hinwendung und die Achtlosigkeit einiger Individuen gegenüber anderen grenzt an Verachtung und ist geschmacklos. Niemals, auf keinen Fall, überhaupt nie darf man die eigenen Rechte und Pflichten vergessen.»

Ein ganzer Schwall von Wortmeldungen hat sich gebildet, es hat keinen Sinn, sich darüber selbst zu zerfleischen, ich beschließe, alles an mir abprallen zu lassen.

«Ungehobeltes Benehmen, zwanghafter Gebrauch des Mobiltelefons, fehlende Aufmerksamkeit und Konzentrationsunfähigkeit, sind Merkmale unserer Zeit, in der komplexes Denken grundlegende Bedürfnisse ersetzt.»

Es meldet sich auch der Kritiker einer großen Tageszeitung, der wieder einmal nicht hintanhalten kann, seine Meinung kundzutun.

«Wie man in einer meiner jüngst veröffentlichten Rezensionen nachlesen kann, haben uns die Besucher der Oper vor einigen Wochen die Freude an der Aufführung verdorben. Laute Kommentare, Mobiltelefone usw. Auf unsere Beschwerde hin, antwortete das Personal, dass es angesichts dieser immer häufiger werdenden Verhaltensweisen völlig hilflos ist und nichts machen kann.»

Den russischen Kommentar, aus der dritten Reihe, verstehe ich nicht. Ist es irgendein Spion, der aus der Kälte kam? Aber ich weiß bereits, was er damit meint, ich brauche keine Übersetzung. Es versteht sich von selbst, was er meint, der Russe.

Aber es wird immer einen Besucher geben, der sogennante *Besserwisser,* der auch russisch versteht und 'freundlicherweise' für mich übersetzt:

«Meiner Meinung nach haben Sie richtigerweise das schlechte Benehmen des Publikums hervorgehoben, mittlerweile wird der Theaterbetrieb durch die vielfache Benutzung des Mobiltelefons nahezu vollkommen eingeschränkt. Viele drehen beispielsweise die Lautstärke zurück, lassen aber bei laufender Aufführung das Licht an und der Besucher dahinter…»

Und hier schwirren Stimmen, Kommentare und Meinungen durch den Saal, vervielfältigen sich im Widerhall und prasseln von allen Seiten auf mich ein.

Das waren nur einige Beispiele.

Es sollte ein Gesetz geben, wonach allen, die das Mobiltelefon zur Hand nehmen, mit einem Knotenstock mehrmals auf die Finger geschlagen wird.

Ich halte mir beide Ohren zu und drücke meine Hände so fest gegen meinen Kopf, dass ich das Gefühl habe, mir das Hirn herauszudrücken. Schluss, aus, ich kann nicht mehr! Ihr habt mir den letzten Nerv getötet, fickt euch ins Knie!

Der Hagere Histrione lässt es sich nicht entgehen, weiter zu sticheln.

«Ein Nervenzusammenbruch? Sollen wir das Grüne Kreuz rufen, das für die Verrückten zuständig ist, die sich nicht mehr einkriegen?»

«Rufen Sie es nur, das ist mir egal», herrsche ich ihn an, «Wetten, dass die bei dem Schnee ohnehin erst da sind, wenn ich schon auf den Vorhang geklettert bin und auf dem Kronleuchter schaukle?», entgegne ich provokant.

Die junge Frau nimmt das nicht ernst, stattdessen hält sie sich den Bauch vor Lachen und mir zugewandt, klatscht sie in die Hände:

«Bravo!» Und das Publikum stimmt in den Applaus ein: «Bravo, gut gemacht, weiter so!»

Der Hagere Histrione aber schleicht auf der Bühne umher, hebt den Mantel auf, den er abgeworfen hatte, um aus seiner Rolle zu schlüpfen und dabei sieht er mich argwöhnisch an. Bestimmt ist er auf meinen unerwarteten Erfolg eifersüchtig! Ich selbst wusste nicht einmal, dass ich so gut spielen kann, aber ich frage mich, ob ich wirklich nur spiele oder ob mir ernst war. In Wirklichkeit bin ich unbeholfen, aber ich bedanke mich bei den Zuschauern mit einem angedeuteten Kopfnicken, ganz wie ein echter Schauspieler.

«Wo haben Sie so gut rezitieren gelernt?», fragt mich der Hagere Histrione.

«Ich weiß nicht, eigentlich spiele ich nie, d.h. ich habe nur das gemacht, was man im Alltagsleben auch macht, wenn man in Wut gerät, das wars…»

«Sagen Sie lieber: wenn man sich eine Maske aufsetzt, sich an den Rand des Wahnsinns begibt und die Hosen runterlässt…

«Mehr oder weniger», flüstere ich, obwohl ich nicht weiß, wovon er spricht.

«Pirandello also, was zu beweisen war. Haben Sie zufällig 'Einer, keiner, hunderttausend' gelesen?»

«Nein, hören Sie, Sie Komödiant, ich lese nur täglich die Sportnachrichten, ich bin kein Literat.»

«Dennoch, Sie haben das Theaterspielen im Blut, mein lieber Herr!», urteilt er.

«Ich?», frage ich erstaunt. «Ich habe doch gerade gesagt, dass ich nur den Sportteil lese!»

«Doch, sicher, sonst könnten Sie nicht vor so vielen Leuten derart in Wut geraten, so echt, so glaubwürdig!»

«Aber es waren die Worte, die wie ein Hagelgewitter auf mich eingeprasselt sind, die meine Wut real und höchst glaubwürdig werden ließen, verstehen Sie?»

Der Hagere Histrione schaut mich misstrauisch an.

«Hagel, haben Sie von Hagelgewitter gesprochen?»

«Richtig!», bestätige ich.

«Verzeihen Sie, aber haben Sie nicht vorhin von Schnee gesprochen?»

«Da liegt ein Missverständnis vor: der Hagel war metaphorisch gemeint, der Schnee ist nur draußen im Freien.»

«Ich verstehe, es geht um eine Metapher. Aber auch der Schnee da draußen in Rom ist sehr unwahrscheinlich und in seinem strahlenden Weiß ebenfalls metaphorisch… jedenfalls ist Schnee in Rom so etwas wie das Manna vom Himmel, mit anderen Worten: so etwas wie ein Gerücht.»

«Glauben Sie mir, bitte glauben Sie mir… es schneit sehr stark.»

«Der Schnee bleibt sogar liegen!», ergänzt die junge Frau begeistert. Ich kann mir ihre Begeisterung nicht erklären, aber vielleicht freut sie sich, wieder am Gespräch teilnehmen zu können.

Der Hagere Histrione konzentriert sich einen Augenblick, um irgendeinen auswendig gelernten Textbrocken oder irgendein Textfragment auszugraben und verkündet dann dem Publikum:

«Meine sehr verehrten Damen und Herrn, ich komme aus dem Norden und ich kenne Nebel und Schnee, ich kenne Hagel und Wolken, Regen, Kälte und Wind, nicht wahr, aber bei uns zuhause sind das konkrete Naturgewalten, wegen denen es einen auf den Arsch setzen kann, wenn man etwa auf dem Eis oder im Schlamm ausrutscht. Man kann auch mit der Birne gegen den Pfosten eines Straßenschildes stoßen… aber Schnee in Rom ist reiner Mythos, alles andere als eine Metapher. Dann müsste man auch die Einleitung des Romans 'Lust' von Gabriele d'Annunzio ins Gegenteil verdrehen, die Beschreibung von Rom, der verschlafenen und son-

nigen Stadt im fröhlichen Frühling, zu einer sibirischen Steppe voller Wölfe werden lassen.»
Das Publikum lacht aus vollem Halse und applaudiert schon wieder, sozusagen zur Ermutigung und ich kann mich nicht davon distanzieren.
Überaus süß starb das Jahr. Die Sonne verbreitete eine, was weiß ich, verschleierte, äußerst weiche, güldene, nahezu frühlingshafte Wärme am Silvesterhimmel über Rom.
Peinliche Stille. Wie vom Blitz getroffen verharrt der Hagere Histrione mit nach oben gerichtetem Blick und offenem Mund, stumm wie ein Fisch, der nicht weiß, wonach er schnappen soll. Verlegenes Hüsteln, Sesselrutschen, eindeutige Hinweise auf lediglich mäßige Begeisterung. Allerdings erheben sich ein paar Idioten in der letzten Reihe und klatschen sich die Hände wund, aber das Saalpublikum macht kaum mit, stattdessen setzt ein Gemurmel ein, das nicht gerade von Anerkennung zeugt.
Die junge Frau neben mir verrät mir flüsternd: «Das ist die *Claque*, wir bezahlen sie, damit sie die Stille ausfüllen, sobald er einen Hänger hat...»
«Einen Hänger?»
«Mit anderen Worten, wenn er hängen bleibt, einen gedanklichen Aussetzer hat.»
«Ach, der Hagere Histrione erinnert sich nicht einmal an seinen Text und erlaubt sich, mir gegenüber den Strafprediger zu spielen!»
«Nennen Sie ihn nicht so, er könnte sich kränken.»
«Na und? Wissen Sie, wie egal mir das ist? Vielmehr müsste ich mich kränken, weil ich ihn hören muss!»
In ihrem Gesicht verraten Zuckungen einen Anflug von Verärgerung, wohl ein wenig nervös, die junge Frau!

«Denken Sie etwa, dass er es nicht geschafft hätte weiterzumachen, obwohl Sie gegähnt und geschnarcht haben, noch dazu in der ersten Reihe? Wissen Sie denn, was er schon alles durchgestanden hat, er, den Sie ironisch mit 'elender Schmierenkomödiant' beschimpft haben? Glauben Sie wirklich, dass er sich nicht innerlich den Kopf zerbrechen kann, während er rezitiert, wenn er nur...»

«Und hier liegt der Hund begraben, sagen Sie es: wenn er nur den Text wüsste!»

«Hier gibt es nichts, was er wissen müsste, er spielt 'aus dem Stegreif'»

«Wie, aus dem Stegreif?»

«Ja verstehen Sie denn überhaupt nichts? Aus dem Stegreif, im Sinne einer Improvisation. Er entnimmt dem Gedächtnisspeicher den einen oder anderen Satz, einige Textbrocken...»

«Und warum sollte er das tun?»

«Weil, wie man in unserem Jargon sagt, *The Show must go on!* Und da der Rest der Truppe das Theater nicht erreichen konnte...»

«...weil es schneit, wetten?», unterbreche ich sie.

«Ja, eben, es schneit... hm, nun, deshalb muss er alles alleine machen, improvisieren, das Publikum unterhalten, deshalb hat er auch mit Ihnen zu streiten begonnen, um Zeit zu gewinnen und er hat sie unmerklich gezwungen, einen Part zu übernehmen.»

«Aber was sagen Sie da? Welchen Part?»

«Ihren. Haben Sie das immer noch nicht begriffen?»

«Aber ich rezitiere doch nicht!»

«Vielleicht, vielleicht auch nicht. Beobachten Sie genau, was das Publikum gerade macht.»

«Ich glaube, es beobachtet uns.»

«Sie vereinfachen zu sehr! Nein, mein lieber Herr, das Publikum beobachtet uns nicht, sondern es wohnt einer Vorstellung bei, Ihrer Vorstellung…»

In meinen Ohren klingt dies wie eine weitere unerträgliche Verhöhnung, die ich an diesem schrecklichen Abend erdulden muss. Ich stehe auf, wende mich dem Parkett zu und fange an, um mich zu werfen:

«Jetzt reicht's, was gibt es hier zu schauen, halten Sie mich für ein seltenes Exemplar? Eine Schaubudenfigur? Ich bin ein ernsthafter Mensch und kein Dingsda, kein Schmierenkomödiant!»

Ich bin mit meinen Schlussfolgerungen nicht zufrieden, daher lenke ich ab, so gut ich kann, das mache ich immer, wenn ich die Fassung verliere. Ich bin sonst ein ruhiger, friedfertiger und jovialer Mensch, aber wenn es mehr als zu viel wird, werde ich laut und spreche Beleidigungen aus, die mir sonst nicht so leicht über die Lippen kämen. Schon wieder Applaus:

«Scheiß Publikum!»

Im Saal rumort es. Fürs erste halte ich beide Hände vor mein Gesicht, um vor Gegenständen sicher zu sein, die mir wegen der Beschimpfung möglicherweise entgegenfliegen könnten, gewissermaßen aus Protest. Aber ich muss feststellen, dass ich nicht gelyncht, sondern mit regelrechten stehenden Ovationen bedacht werde. Alle sind aufgestanden, Kopfbedeckungen und Taschentücher fliegen durch die Luft. Ich hatte eine Tracht Prügel erwartet, doch ich finde mich in den Armen der jungen Frau wieder. Sie flüstert mir Wunderbares ins Ohr: «Sie sind der geborene Matador!»

«Matador? Ganz bestimmt nicht, ich habe noch keinen ermordet!»

«Aber natürlich, klar! Mit diesem 'Scheiß Publikum' haben Sie alle platt gemacht. Nicht einmal Pirandello schaffte es, das wild gewordene Publikum derart anzukotzen. Als 1921 in Rom die Uraufführung seines Wekes 'Sechs Personen suchen einen Autor' stattfand, wurde er ausgebuht und musste mit einem wütenden Publikum fertig werden, das von den ersten Worten der Schauspieler an nach dem Autor schrie: 'Fuori l'autore!'»

Natürlich versäumt auch der Hagere Histrione nicht, mir zu gratulieren. Da er nun unter den Scheinwerfern steht, bemerke ich, dass seine dichten Augenbrauen mit einem Kohlestift nachgezogen sind, was ihm etwas Mephistophelisches verleiht.

«Mein lieber Herr, ab jetzt betrachten wir sie als tauglich, Sie sind aufgenommen.»

«Darf man fragen, wozu ich tauglich sein soll und wo ich aufgenommen bin?»

«Heute Abend treten Sie der Gesellschaft bei.»

«Aber ich bin bereits in Gesellschaft dieser schönen jungen Frau.» Damit versuche ich, mich aus den Fängen zu befreien und gleichzeitig meiner Sitznachbarin eine schmeichelnde Botschaft zukommen zu lassen.

Sie aber macht meine Verteidigung zunichte: «Ja, man spricht auch von 'Vergesellschaftung', wenn zwei Künstler zufällig aufeinandertreffen und gewissermaßen schicksalhaft eine kreative Zusammenarbeit eingehen.»

«Aber zufällig bin ich kein Künstler», entgegne ich und lächle, aber mein Gesichtsausdruck gleicht mehr einer Gesichtslähmung.

«Sie sind einer, bestimmt! Keiner hat bisher den Ausruf 'Scheiß Publikum' besser hervorgebracht als Sie.»

«Das habe ich nicht hervorgebracht, das war mein Ernst!»

«Umso besser! Man spricht von Spontaneität, auch Pirandello verweist auf das Konzept der Integrität des dramatischen Ausdrucks.»

«Ich integer? Sie kennen mich nicht einmal!» Ich will angesichts der aufregenden jungen Frau an meiner Seite nicht den Narren spielen, aber was sie daraufhin sagt, lässt mich erstarren und nimmt mir den Wind aus den Segeln.

«Sie bevorzugen also eine natürliche, ungeschminkte Schönheit wie ich es bin oder finden Sie aufgespritzte Lippen, japanisches Facelifting und mit der Fahrradpumpe aufgeblasene Brüste attraktiv?» Ihr Tonfall verweist darauf, dass sie sich eine eindeutige Antwort erwartet bevor sie endgültig schmollt.

«Was für eine Frage», versuche ich mich herauszureden, «natürlich…»

Der Hagere Histrione lässt mich nicht ausreden.

«Gestatten Sie, aber auch wir nehmen uns lieber Leute, die die Kunst im Blut haben und die Funken übersprühen lassen, wenn man es sich am wenigsten erwartet, als diese aufgeblasenen, pickeligen Fratzen aus der Schauspielakademie, aus denen man nicht mehr herauspressen kann als aus einer hohlen Nuss. Sehen Sie sich an, betrachten Sie Ihr Gesicht! Junge Frau, ich bitte Sie, wenn Sie ein Spieglein bei der

Hand oder in Ihrer Handtasche haben, zeigen Sie dem Herrn, was für einen ausnehmend dramatischen Gesichtsausdruck er hat. Wunderbar, einfach wunderbar, ich würde sagen: spektakulär!»

«Zum Teufel, wovon reden Sie?»

«Wovon? Von Ihrem spöttisch-ironischen Lächeln, das man keinesfalls nur als hämisch bezeichnen könnte, sondern...»

«Wie würden Euer Gnaden es bezeichnen wollen?»

«Es ist Ihnen sogar ein *Euer Gnaden* ausgekommen!»

«Was ist daran falsch? Diesen Ausdruck habe ich bisher nie verwendet.»

«Wenn sie anfangen, ihn jetzt zu verwenden, muss es einen Grund dafür geben. Wir wollen, dass Sie die Ursache heute Abend herausfinden und beim Gefühl dieses Lächelns anfangen, wie eine Gesichtslähmung aussieht und von dem man, wie bereits erwähnt, sagen könnte, dass es hämisch ist, ohne es wirklich zu sein, aber ich behaupte, es ist vielmehr das Lächeln eines Schauspielers, das Lächeln eines großen Komödianten.»

Das ist ein starkes Stück! Der Hagere Histrione bezeichnet mich als Schauspieler und großen Komödianten, nur weil mir im Zuge eines Wutanfalls 'Scheiß Publikum' entfahren ist. (Unter uns gesagt, schäme ich mich immer noch dafür). Das hatte tosenden Applaus und großen Erfolg ausgelöst, aber ich verstehe das nicht und kann es mir auch nicht erklären. Ich gestehe jedoch, dass es mir nicht unangenehm ist, dass mich mein angeblicher Erfolg in ein besseres Licht gerückt hat, besonders in den Augen der jungen Frau, die sich jetzt über die Armlehne beugt und bei mir einhängt. Spiele ich mit?

Aber ja! Außerdem lasse ich mich… nun, ich lasse mir Wertschätzung entgegenbringen und lasse es mir gut gehen, das ganze beginnt auf eigenen Beinen zu stehen, wie man sagt. Und schon habe ich ihre Beine vor mir, die beiden feisten, bildschönen Säulen einer Venus mit üppigem Hinterteil. Sie schiebt sich vor meiner Nase vorbei, um die Reihe zu verlassen und zu den Umkleiden zu gehen. «Warten Sie hier auf uns, ich muss mich für die Vorstellung herrichten. Es ist nämlich so, die Schauspieler sind gerade eingetroffen und auch ich muss behilflich sein so gut ich kann, damit der Laden läuft. Ich bin zwar nur die Kassiererin, aber den Text kann ich bereits auswendig, da ich ihn jeden Abend im Foyer höre. Sie werden sehen, wir sorgen für Unterhaltung. Rühren Sie sich nicht vom Platz!» Wer oder was sollte sich da rühren? Solange es in Rom schneit, rührt sich überhaupt nichts und auch ich bin hier drinnen gefangen. In einem schönen Irrenhaus bin ich gelandet, aber was solls, da kann ich ruhig den Verrückten spielen. Kann man eigentlich eine Person als verrückt bezeichnen, die nur vorgibt, verrückt zu sein, um auf den Wahnsinn anderer Personen einzugehen, die noch verrückter sind? Ich muss gestehen, dass ich die Antwort in der Folge 'Heinrich IV.', einem Werk von Pirandello, entnehmen werde. Mehr davon später, denn die Geschichte endet hier noch lange nicht, ich sehe mich gezwungen, das Ende aufzuschieben. Für Unterhaltung werde gesorgt, hat die junge Frau gesagt. Es kann mir nichts Besseres passieren, da ich ohnehin nichts Besseres vorhabe.

4.

Was war passiert? Wo bin ich? Fragen, die mein
Unterbewusstsein mit zunehmender Dringlichkeit
stellt, während ich langsam vom Schlaf- zum Wach-
zustand hinüberwechsle. Ein penetranter Kaffeege-
ruch verstärkt das Ganze, dazu ein paffendes Ge-
räusch wie aus einer Miniaturlokomotive. Ich schlage die Augen auf und nehme einen blassen Sonnenstrahl wahr, der sich über ein Kellerfensterchen
durch Staub und Spinnweben kämpft. Ich weiß
nicht, wie ich hierhergekommen bin, aber ich bekomme langsam mit, dass es Tag geworden ist. In
einer Ecke dieser Rumpelkammer voller Krempel,
vermutlich schimmelige Kostüme und verstaubte
Requisiten, entdecke ich den Hageren Histrione, der
jetzt, abseits der Bühne, völlig anders erscheint,
jedenfalls ist, was den Körperbau betrifft, nichts
Schreckliches mehr an ihm. Er ist nicht mehr das
kolossale Ungeheuer, das mich von oben herab verfolgen und fressen will, sondern ein kleines, schmä-
chtiges Männchen, Haut und Knochen, Hohlwan-
gen, man könnte fast sagen, ein alter Mann, der
bereits mit einem Bein im Grab steht. Herab-
gekommen sieht er aus, der kleine Komödiant in
seinem zerknitterten Gewand, mit ungepflegtem
grauen Dreitagesbart, wie ein einsamer Seefahrer,
der dem Spiel der Wellen ausgesetzt ist, zerbrechlich
und klein, im Wesentlichen eine Larve, die man wie
einen Floh mit dem Daumen zerdrücken könnte.
Ich weiß nicht, ob mir meine Fantasie einen Streich

spielt, aber ich höre seine Knochen knacksen oder
sind es meine? Ich bin steif und versuche, meinen
tauben Arm zu bewegen, aber etwas hindert mich
daran. Ein Körper? Ja, ein warmer, weicher Körper
von einem, besser gesagt von einer … während ich
das feststelle, atme ich erleichtert auf; zwei Brüste
drücken sich wohlig gegen meinen Rücken. An
meiner Seite hat sie geschlafen, eingerollt wie ein
Kater, besser: eine Katze, an mich geschmiegt, mit
einem Vorhangstoff als Decke, die ein Bühnen-
vorhang eines aufgelassenen Theaters gewesen sein
könnte oder ein entweihtes Altartuch. Die junge
Frau von der Abendkasse, hat meine Schulter als
Kopfkissen benutzt. Auf diese Weise geschützt und
geborgen, schnarcht sie vor sich hin. Oh wenn sie
wüsste, welche Hintergedanken mir wie kleine
Teufelchen durch den Kopf jagen, sie würde sich
erschrocken zurückziehen… aber vielleicht auch
nicht, vielleicht würde sie sich gar noch näher an
mich schmiegen, vermutlich überließe sie sich der
leiblichen Faszination des Bösen, dem Sex, dem wir
alle, ob Mann oder Frau, zum Opfer fallen, die
einen mehr, die anderen weniger. Wie gern möchte
ich mich zurück ins Warme kuscheln, Spielchen wie
Katz und Maus oder drunter und drüber spielen,
mich der einnehmenden Nähe hingeben, ihrem
Prachtkörper, der an mir klebt, Gedanken spielen
lassen, ihre prallen Glieder kitzeln, die sie mir entgegenstreckt und keuchende Spasmen und orgia-
stische Orgasmen… aber das bärtige Männchen -
jetzt kann ich ihn so nennen, den ich tags zuvor als
Schmierenkomödiant bezeichnet hatte - scheint
meine Gedanken zu lesen und will mir offenbar den

Nachtschlaf vertreiben, indem er mir 'Guten Tag!' wünscht, ohne sich umzudrehen. Und er fügt hinzu: «Der Kaffee steht bereit».

«Danke», ich weiß nicht, was ich sonst sagen sollte. Dieser Quälgeist! Zum Teufel mit ihm und dem ganzen Theater!

«Es gibt auch eine Banane für Sie, die haben Sie sich wirklich verdient.»

«Eine Banane? Für mich?», rufe ich entsetzt aus. Das phallische Symbol der Banane will mir nach all dem, was vorgefallen ist, nicht aus dem Kopf. Aber er versteht nicht oder tut als ob er nicht verstünde, was sich in einer Christenseele abspielt, wenn die Hormone in Wallung geraten.

«Aber sicher. Sie waren großartig, Sie haben den Abend gerettet! Was für eine meisterhafte Interpretation von Seiten eines Dilettanten, eines Liebhabers! Wer hätte das erwartet!»

«Ich, ein Liebhaber?», ich befürchte etwas falsch verstanden zu haben. «Ich glaube nicht, dass ich mich an der jungen Frau versündigt habe.» Während ich das sage, hebe ich ihren Kopf sachte an und lege ihn wieder hin, um ihren Schlaf nicht zu stören.

«Liebhaber des Theaters, nicht der schönen Frauen, lieber Künstler!»

Dass mich der alte Mann nun Künstler nennt und nicht mehr einfach mit 'Herr' anspricht, kommt mir verdächtig vor.

«Bitte machen Sie sich nicht lustig über mich.»

«Gott bewahre, das mache ich nicht. Im Theater muss man dem Kaiser geben, was des Kaisers ist. Heißen Sie zufällig Kaiser?»

«Nein, mein Name ist Julius.»

«Was zu beweisen war. Kaiser Julius Cäsar, genau.
Das passt alles zusammen.»
Ich versuche nachzudenken: «Ehrlich gesagt, erinnere ich mich an gar nichts.»
«Wie alle großen Schauspieler. Alle Meister der
Schauspielkunst glauben beim Betreten der Bühne,
sie könnten sich nicht an ihre Rolle erinnern. Aber
sobald sie dort oben auf der Bühne vor dem Publikum stehen, nicht wahr, lugt aus irgendeinem
verborgenen Hirnwinkel der Anfang des Textfadens,
der sich wie ein roter Schicksalsfaden dahinzieht,
um es theatralisch auszudrücken. Und schließlich ist
nach Beendigung des Auftritts, wenn es in die
Umkleide zurück geht, alles wieder vergessen,
annulliert, gelöscht: das Vergessen setzt ein und der
Schauspieler ist wieder ein leeres Behältnis wie
beispielsweise dieses Tässchen, das nun mit Kaffee
gefüllt werden soll. Übrigens, wie viele Löffel
Zucker nehmen Sie?»
«Zwei, danke...»
Ich schlürfe eilig die kochend heiße Brühe, die den
Boden der halb vollen Tasse durchscheinen lässt,
weil sie so dünn ist. Die Brühe schmeckt nach
mehrfach verwendetem Kaffeesatz.
Ich denke mir daher schnell einen Vorwand aus, um
die Tasse wieder hinstellen zu können, ohne be-
leidigend zu wirken.
«Gut war's, aber jetzt müssen Sie mich entschuldigen, es ist schon spät geworden, ich muss mich
beeilen, mein Auto holen und wieder zum Alltags-
trott zurückkehren.» Ich stehe auf, stecke mein
Hemd in die Hose, ziehe meine zerknitterte Jacke
und den Mantel an, kontrolliere, ob noch alles in

den Taschen steckt: die Autoschlüssel und vor allem die Geldtasche, man weiß ja nie. Theaterleute, Vagabunden, beinah Zigeuner, fahrendes Volk, bettelarme Leute, auf die ist kein Verlass.

«Morgen wird jedenfalls die Vorstellung wiederholt», sagt der Alte beim Abschied.

«Morgen kann ich nicht, da bin ich aus beruflichen Gründen in Mailand, tut mir leid.»

«Machen Sie sich keine Sorgen, das schaffen wir alleine, denn wir haben die Aufzeichnung und die Abschrift von all dem, was sie uns gestern Abend schenken wollten, nicht wahr, meine Liebe?»

Erst da fällt mir auf, dass dieses 'nicht wahr, meine Liebe' an die junge Frau gerichtet ist, die neben mir geschlafen hatte. Sie ist gerade erwacht, gähnt und streckt sich. Eine schneeweiße Brust schaut wie ein beschneiter Hügel aus dem aufgeknöpften Nachthemd. Ich glücklicher hatte daneben geschlafen. Ich seufze und sage mir: glückselige Unbedarftheit! Wahrscheinlich aber meine ich damit eher mich selbst - es war hirnrissig von mir, die Gelegenheit nicht beim Schopf zu packen – und nicht so sehr die sinnliche Unbedarftheit, eine Mischung aus Bosheit und Blauäugigkeit vonseiten der jungen Frau.

«Ja, sicher. Ich habe alles aufgeschrieben, da drinnen steht alles.» Die junge Frau macht sich zurecht, dann zeigt sie mir ein Notizbuch, aber ich kann nur den Titel lesen, weil er in Großbuchstaben geschrieben ist: *Der Unbedarfte.*

Ich falle aus den Wolken.

«Das soll mein Werk sein?»

«Sicherlich nicht meines», sagt der Alte.

«Und meines auch nicht», fügt die junge Frau hinzu. Dabei wirft sie mir einen schmachtenden Blick zu, als ob ihr die gemeinsam verbrachte Nacht vollkommene Befriedigung und Genugtuung verschafft hätte.

«Und morgen wird eben diese Vorstellung hier, am selben Ort wiederholt», sagt der Alte abschließend, begleitet mich ins Tageslicht beim Theaterausgang und wird dabei immer unscheinbarer, kleiner, dünner, fast unsichtbar, um sich schließlich wie in Säure getauchtes Lackmuspapier aufzulösen. Ich kann gerade noch seine letzte Ermahnung hören: «Und schlafen Sie nicht mehr im Theater, glauben Sie mir, das kann gefährlich werden. Vespasian, der einst Kaiser werden sollte, setzte sein Leben aufs Spiel, als er es wagte, während Neros dramatischen Monolog zu gähnen!»

Ich verstehe nicht, was ich mit der Geschichte des Römischen Kaiserreichs zu tun haben soll, daher entgeht mir der Sinn dieser Anspielung. Der Histrione verliert sich bereits im Halbschatten des Seitengangs, der zu den Umkleiden führt, aber noch einmal höre ich seine Stimme durch ein geisterhaftes Echo verstärkt, das im Theatersaal widerhallt.

«Trotzdem, Sie brauchen sich keine Sorgen zu machen, denn das Theater wird dafür sorgen, dass Sie wach bleiben, ja geradezu schlaflos werden.» Und es ertönt ein schauderhaftes Lachen wie von einem Höhlenunhold: ha ha ha!

Es reicht mir, mein Widerwillen gegen das Theater wird immer heftiger und ich schlage den Weg zu meinem Auto ein, doch schon unterwegs nehme ich mir vor, die Leute eines Tages zu besuchen, warum

nicht? Schließlich war es doch ganz passabel, ich
habe gescherzt und gelacht, mich gelangweilt, aber
auch zu Tode erschreckt und unterhalten. *Last but
not least* (keine Ahnung, wo ich diese entfernt
Shakespeare'sche Redewendung aufgeschnappt hatte), hat es mich, das muss ich gestehen, nun ja, nicht
gerade erregt, das wäre übertrieben und wirklich zu
sexistisch. Ich würde eher anklingen lassen, dass ich
in einen Zustand *euphorischen Brennens* geraten bin,
ich meine einen Zustand, der jeden Mann im zeu-
gungsfähigen Alter in Gegenwart einer betörenden
Musendame überkommen kann. (Zustand *euphorischen Brennens?* Was soll das nun wieder bedeuten?
Ist mir einfach so eingefallen, ich habe nicht weiter
nachgedacht).
Ich stelle ganz unmissverständlich klar, dass ich
nicht beabsichtige, meine schauspielerische Erfah-
rung zu wiederholen, denn ich glaube, dass ich in
dieser Hinsicht bereits alles gegeben habe, was ich
konnte, Körper und Seele. Ich schließe es folglich
aus, noch einmal auf der Bühne zu stehen. Doch ich
Hohlkopf hatte vergessen, mir die Mobiltelefon-
nummer der jungen Frau geben zu lassen und
naiverweise habe ich sie nicht einmal nach ihrem
Namen gefragt. Unbedarft? Richtig, 'Der Unbedarfte', so der Titel des Regiebuchs, das ich un-
wissentlich auf der Bühne erfunden haben soll,
wahrscheinlich habe ich mich vom *Pathos* meiner
Rolleninterpretation des *Unbedarften* hinreißen lassen… natürlich, auch wenn es heißt *Nomen Omen*, ist
man ja nicht bescheuert, vielmehr alles andere als
unbedarft! Wusstest du denn nicht, dass das eine
verpasste Gelegenheit war, werfe ich mir vor.

Versäumt ist verloren, wie man in Rom sagt, wenn einer die günstige Gelegenheit verpasst, eine weibliche Eroberung zu machen, ein verpasster Aufriss, umgangssprachlich ausgedrückt.

Aber ich frage mich ernstlich, ob ich womöglich so dumm bin, mich von der Schauspielkunst derart erweichen zu lassen, dass ich alle Freuden des Lebens vergesse, ohne die zarte Faszination der Erotik wahrzunehmen, die mir von Seiten der offensichtlich außerordentlich bereitwilligen kleinen Kassiererin in Aussicht gestellt, untergejubelt, ja ins Gesicht geschleudert wurde? Du hättest sie locker abschleppen können, sage ich mir, salopp gesprochen, und anstatt mit Dionysos und bacchantischen Orgien zu enden und anstatt dich Eros, dem Gott der Liebe, hinzugeben, versinkst du in Morpheus' Armen wie ein Würstchen. Ja, ganz recht, Würstchen! Du hast dich vom Hageren Histrione einlullen und in die Irre führen lassen. Am Ende hat sich herausgestellt, dass er nichts anderes ist als ein Häufchen ächzender Knochen unter einem hohlwangigen Gesicht mit zahnlosem Mund, darüber ein schütterer Schnauzbart wie ein pensioniertes Wurzelmännchen, auf das schon das Altersheim, wenn nicht gar der Friedhof wartet.

Ich schaue mich um und suche den Straßennamen und die Hausnummer des Theaters, aber ich muss bereits ein-, zweimal oder öfter ums Eck gegangen sein, ich finde mich nicht mehr zurecht und fühle mich wie Dädalus im Labyrinth. Ich verliere die Orientierung. Bin ich von der Via Capo Le Case in Richtung Via Sistina gegangen, oder kam ich vom Quirinalspalast und ging in Richtung Trevi Brunnen weiter? Ich greife in meine Hosentasche, spüre etwas Weiches und ziehe ein Papiertaschentuch heraus, das eine weibliche Handschrift ziert… ihre Adresse? Name, Familienname und Telefonnummer? Oder vielleicht gar eine heiße Verabredung in irgendeinem kleinen Stundenhotel im Zentrum, wo man sich in aller Diskretion eine der Bettnischen mieten kann, die vorzugsweise von honorigen Parlamentsabgeordneten besucht werden, sobald sie nach ihren politischen *Kirmesveranstaltungen* frei sind, nachdem sie sich im Namen des Volkes *in Szene* gesetzt hatten und dann ihre niedrigsten Triebe mit irgendwelchen *TV-Flittchen* befriedigen, die ihrerseits auf ein Engagement oder eine Empfehlung *von oben* hoffen. Aber ich will hier nicht moralisieren, zumindest nicht bevor ich den handgeschriebenen Text auf dem zerknitterten Taschentuch gelesen habe. Ich muss mich darin bereits geschnäuzt haben, nun, ich hoffe wenigstens, dass ich es war und nicht der Hagere Histrione, zwischen einem 'nicht wahr?' und dem anderen und seinem umständlichen Sabbern und Rotzen und Plappern.

So eine Enttäuschung! Leider nichts, keine Telefonnummer, kein Vor- und Zuname, keine Adresse, keine heiße Verabredung, nur ein erbärmliches Gedichtchen mit Widmung von meiner ersten und vielleicht letzten Bewunderin und Verführerin, dabei bin ich weder Homer noch Mastroianni. Ach, die schöne Kassiererin aus dem Theater, ich finde sie nicht mehr im unendlich weitläufigen, labyrinthartigen Zentrum der ewigen Stadt!

Meinem lieben Unbekannten von «Der Schelm»
(oder «Der Unbedarfte»)

Träume, so dünn wie Mondfäden atmen
die Zeit, erfüllt von
lieblich einprägsamer Musik:
Den starren Blick ins Leere gerichtet
folgt er der Erinnerung, die «die» Stimme hervorruft:
heldenhaft verbirgt er den Weltschmerz für das Leben,
das er bereits mit bühnenreifem Elan gelebt hat,
dort, wo das Licht blendet, ist es geschehen...
Sobald das Licht ausgeht
*   -   die lebendige Wirklichkeit trügt nicht -*
drängt es ihn, bittere Quellen aufzusuchen,
von denen er noch durstiger flieht,
wütend, verfluchend, aber wen?
Obwohl seines Glückes Schmied,
ist er in einer Spirale gefangen,
in der er unschlüssig verharrt, er wartet.
Auf wen? Auf was?
Wenn sich Hirn und Herz treffen,
wird er Licht und Frieden finden.
Vielleicht.
Brummt ein Kontrabass.

Dein süßer «Fratz», deine Platzanweiserin.

Ich weiß nicht wie und warum mir gerade ein Aus-
spruch eines gewissen Pirandello einfällt, wer weiß,
wo ich den gehört hatte, vielleicht sogar während
meines nächtlichen Abenteuers im Theater: *Ich bin in*
meinem Leben vielen Fratzen, aber nur sehr wenigen Gesich-
tern begegnet. Worte, die ich langsam beginne zu

verstehen. Wahrscheinlich hat sie mir der Hagere Histrione eingeimpft, als ich während meiner wohlverdienten Ruhe nach der Aufführung im Halbschlaf lag.

Tatsächlich scheint mir der letzte Vers über den Kontrabass seltsamerweise in den Ohren nachzubrummen. Allerdings handelt es sich nicht um einen Kontrabass und auch um kein anderes Musikinstrument, sondern um ein dröhnendes, ohrenbetäubendes Hupen, gefolgt von einem: a scemo! - ei du Blödmann!

Ich tauche aus der Lektüre der hinkenden Verse auf, die mir die schöne Kassiererin gewidmet hat und finde mich mitten im Verkehr der Via del Tritone wieder, umgeben von vorbeirauschenden Autos, aus denen Worte und Flüche gebrüllt werden, die ich lieber nicht wiedergebe. Ich rette mich schnell auf den Gehsteig und noch bevor mir bewusst wird, dass ich heil davon gekommen bin, erfasst mich ein Zweifel: der Himmel ist blau, massenhaft ziehen Touristen vorbei, alle in kurzen Hosen und dünnen T-Shirts, unter beschirmten Hüten suchen sie Schutz vor der sengenden Sonne.

Und ich? Dicke Jacke, Winterschuhe, Wollmantel. Was soll das bei dem tropischen Klima? Hatte es denn nicht erst gestern geschneit? War es nicht so kalt, dass die Brunnen zufroren? Und ist heute wirklich heute, so wie morgen morgen sein wird? Und gestern? Wann war gestern? Es treibt mir den Angstschweiß auf die Stirn, vor Nervosität, so viel ist gewiss. Aber auch, weil ich eingepackt bin wie ein Faschingskrapfen mit Cremefüllung, der in der sonnenbeschienenen Auslage einer Bar sein ranziges

Fett ausschwitzt und zu nichts anderem mehr taugt, als Bauchschmerzen hervorzurufen. Ich fühle mein Schweiß getränktes Hemd an der Haut kleben, Schweiß tropft mir von der Stirn, der Wollschal um meinem Hals würgt mich wie eine Schlinge und ganze Schweißbäche rinnen mir von Stirn, Schultern, Armen und Beinen. Erleide ich gerade einen Herzinfarkt aufgrund eines Hitzschlags? Ich beginne, die schweren Kleidungsstücke abzulegen, nehme Geldtasche und Schlüssel aus der Manteltasche und stecke sie in die hintere Hosentasche, dann ziehe ich den Pullover aus, lege Schal und Winterhut ab, wickle alles zu einem Bündel und klemme es unter den Arm. Alle glotzen mich an. Wirke ich lächerlich? Dann sollen sie nur lachen, Theater zu spielen ist mir bereits zur Gewohnheit geworden. Ha, ha, ha, selten so gelacht, meine Herrschaften! Sind sie denn nie mitten im Sommer versehentlich so herumgegangen, als hätte es soeben geschneit? Ich schon. Jetzt gerade. Und wenn Ihnen die Vorstellung nicht gefällt, tun sie mir den Gefallen und drehen Sie sich weg. Es fällt mir gar nicht auf, dass die Gedanken, die mir durch den Kopf schießen, nicht dort bleiben, sondern sich gewaltsam nach außen bahnen. Sapperlot! Ich schreie herum und beleidige die Passanten, es passiert tatsächlich, als ob ich einen Rollentext im Kopf hätte: man hält mich für verrückt, aber ich will zu verstehen geben, dass ich nur in die Rolle des Narren geschlüpft bin, dies aber so gut beherrsche, dass ich wirke, als wäre ich von Geburt an wahnsinnig. Genau wie Heinrich IV. von Pirandello. Bin ich verrückt geworden? Ich glaube nicht, denn ein Verrückter, der weiß, dass er sich wie ein Wahnsinniger benimmt, kann nicht wirklich verrückt sein, er spielt, folglich gibt er nur vor, verrückt zu sein.

Plötzlich sehe ich, wie sich vor mir ein riesiger Schatten aufbaut, wie ein Geist, den ein laienhaft agierender Exorzist unfreiwillig herbeigerufen hatte. Es ist niemand anderer als der Hagere Histrione, der anscheinend seine ehedem kolossalen Ausmaße wiedererlangt hat. Ein ohrenbetäubender Lärm zerreißt mir fast das Trommelfell, es klingt wie der Donner, wenn der Blitz einschlägt. Das Klatschen des Hageren Histrione vermischt sich mit dem Applaus einiger Touristen. Sie halten mich für einen Straßenkünstler, der eine clowneske Nummer abzieht. In meinem Hut, mit dem ich mir Fliegen und Mücken vom Leib halte, finde ich sogar ein paar Münzen, selbstverständlich nicht viele, aber immerhin, sage ich mir, besser als nichts. Der Eindruck, den mein suchender Blick hinterlässt, bewirkt jedoch, dass sich die Zuschauer rasch zerstreuen, da sie befürchten, in Bedrängnis zu kommen, und einen Obolus geben zu müssen. Auch der Hagere Histrione entfernt sich feige und buckelig, als trüge er die Säulen des Herkules, nachdem er noch vier Worte gesprochen: *carmina non dant panem* und meine Antwort vernommen hatte: vielen Dank!

Ich nehme die Suche nach meinem Auto wieder auf. Wo mag ich es gestern abgestellt haben? Die ironischen Blicke der Passanten übergehe ich. Sie leiden unter der Hitze und zerstreuen sich auf der Suche nach Schatten und gekühlten Getränken. Am Straßenrand der Via dei Quattro Venti finde ich endlich mein Auto wieder, Glück gehabt! Die Farbe ist nicht mehr ganz dieselbe. Hat eine dunkle

Höllenmacht darauf gepisst, nein, noch schlimmer, darauf geschissen und das Ganze mit einem Föhn getrocknet? Die Scheiben sind mit einer durchgehenden Schicht stinkenden Vogelkots bedeckt, offenbar hatte sich die gesamte Vogelpopulation des Kontinents gegen mein Auto verschworen.
Ich hebe den Scheibenwischer an, um etwas von dem faulig stinkenden Mist zu entfernen, damit ich die Scheibe sehen kann. Dabei fällt mir auf, dass das, was auf meiner Windschutzscheibe klebt, keine Blätter oder sonstige Abfälle sind, sondern viele Zettel mit blauem Streifen, es sind Strafzettel wegen Übertretung des Halteverbots. Das Auto ist richtiggehend tapeziert mit dutzenden, vielleicht hunderten oder gar tausenden Strafzetteln. Wie viele Übertretungen wurden mir im Laufe weniger Stunden, höchstens einer Nacht, zur Last gelegt, ohne die Notlage durch den Schnee zu berücksichtigen, was meine Verletzung der Straßenordnung durchaus gerechtfertigt hätte? Welcher Straßenpolizist besitzt so einen ausgeprägten Sadismus, welcher Schwachkopf von einem Ordnungshüter kann derart boshaft sein, in welchem Staatsdiener kann so viel Gehässigkeit stecken, dass er eine rekordverdächtige Menge an Strafmeldungen ausfüllt? Bestimmt hat er unglaublich viel, übermenschlich viel Zeit damit verbracht, wahrscheinlich hat er Tag und Nacht neben meinem Fahrzeug gestanden und daran gearbeitet, nur aus Lust an der Bestrafung, Bestrafung und nochmals Bestrafung des unvorsichtigen Fahrers, der im Schnee steckengeblieben war, der erst gestern... richtig, war das gestern oder voriges Jahr?

Vor fünf oder zehn Jahren? Wie viel Zeit ist eigentlich vergangen?

Diese Fragen rumoren in meinem Kopf und machen mich leicht schwindelig. Aber dann fasse ich mich und denke: es ist nur ein Traum, ein schlechter Traum. Es muss ein Alptraum sein. So wie die ganze Geschichte meiner Berufung zur Schauspielkunst, das muss man sich erst einmal vorstellen! Ich und ein Schauspieler, aber sicher!

Als ich noch zur Schule ging, war es mir nicht einmal möglich, den Inhalt eines Gedichts von Giuseppe Ungaretti im Gedächtnis zu behalten. Das Gedicht lautete: 'Mattina': *M'illumino d'immenso,* alias 'Morgen': *Ich erleuchte mich durch Unermessliches.* Nur wenige Worte? Vielleicht, aber... Wie sollte ich es also schaffen, mir den ganzen Rollentext zu merken? Beim Gedanken, dass ich mich geirrt haben könnte, weil ich vielleicht gar nicht vor meinem Auto stehe und wahrscheinlich auch gar nicht hier geparkt habe, will ich schon erleichtert aufatmen, aber unter dem Berg von Strafzetteln finde ich, direkt an die Windschutzscheibe geklebt ein Flugblatt, das vor Verwitterung vollkommen geschützt war. Es wirbt für eine Bühnenveranstaltung mit dem Titel: 'Der Schelm' oder 'Der Unbedarfte'. Angeblich bin ich selbst Autor und Hauptdarsteller des Stücks. Ich verdrehe die Augen und lege die Stirn in Falten, wie es ein mäßig begabter Schriftsteller ausdrücken würde, als ich ein Bild von mir, ja wirklich von mir selbst, erblicke. Es befindet sich in der Mitte des Werbeblatts und zeigt mich in Auftrittskleidung, als Hauptdarsteller dieses verdammten Mists.

Allerheiligste Jungfrau, wer kann das geschrieben haben? Ich selbst? Und erst das Bild! Der Fotograf der das Bild geschossen hat, der Graphiker, der die Gestaltung übernommen hat und der Drucker, der das gedruckt hat... Kriminell! Man müsste sie anzeigen! Verrückt, total verrückt! Mit einem Zahnstocher im Mund wie Roberto Benigni in seinem Film 'Johnny Zahnstocher', als er gerade noch einmal davongekommen war, dunkle Sonnenbrillen wie ein wiedererstandener Belushi und auf dem Kopf ein Strohhut wie ein Mafiagehilfe aus der Serie 'Die Straßen von San Francisco'. Mit Theater hat das gar nichts zu tun, das grenzt an Jahrmarktsgeschrei, Wanderzirkus und eitle Angeberei, die sich für Kunst ausgibt. Wahnsinn, meine Herrschaften, das ist Wahnsinn! Und nicht genug damit, finde ich auf der Rückseite des Flugblatts eine wortgewaltige Anmerkung des Autors, die mit meiner eigenen Unterschrift versehen ist. Es handelt sich um einen Berg Dummheiten, für die ich mich schämen würde, wären sie jemals aus meinem Mund gekommen.

DER UNBEDARTFE

Aber das sind sie absolut nicht und das kann auch nicht sein, denn: «Ich weiß nichts von dem, was da geschrieben steht!», schreie ich auf die Straße. Das ist Unfug, blanker Unfug! Lesen Sie selbst, lesen Sie, dann werden Sie sehen, was das für eine…

Ich schaffe es nicht mehr, die erste Silbe auszusprechen, nicht einmal die ersten drei Buchstaben von Sch… kommen mir über die Lippen, es reicht der Gedanke und schon verändert sich die Wirklichkeit wie durch Zauberhand, wenn man so will, *Sch…*, als ob mir ein Zauberwort einfiele oder ein Schlüsselwort, ein Passwort, für diejenigen, die nicht an Esoterik oder an das Übernatürliche glauben, ein Abrakadabra oder ein Sesam-öffne-dich für diejenigen, die hingegen (zu ihren Ungunsten) daran glauben. Ich war mir sicher, dass ich auf einer dicht bevölkerten Straße mitten in Rom physisch anwesend war, aber auf diese Weise verwandelt sich die Straße in dasselbe Theater, dieselbe Bühne, von der ich mich befreit glaubte und plötzlich bin ich da, als hätte mich ein Fließband in Lichtgeschwindigkeit hierher versetzt. Die Stimme der schönen Kassiererin ist gewissermaßen das Echo meiner Gedanken: Merda!… Scheiße!, rufen wir alle gemeinsam, als Beschwörung vor den Auftritt.»

«Sozusagen ein Ritus, ein Glücksritual, nicht wahr, meine Liebe?», der Hagere Histrione kommt hinter den Kulissen hervor.

«Oh ja, und wir greifen uns gegenseitig an den… Arsch… ja, bei uns darf man Arsch sagen.»

Das finde ich nicht anzüglich, ganz im Gegenteil, es fasziniert mich.

«Man darf ihn also auch angreifen, den Arsch, ich glaube ich verstehe schon… als Beschwörung, ist es richtig?»

«Ja, aber ohne Hintergedanken, eine aufmunternde Geste soll es sein, kein Fummeln.» Meine Traumfrau sieht mich strafend an.

«Es freut mich, an der Glücksbeschwörung mitwirken zu dürfen, aber», und das verstehe ich nicht ganz, «warum ruft man ausgerechnet 'merda!' und nicht einfach 'pisse'?»

Der Hagere Histrione lacht gehässig. Ich schnappe die verstohlene Geste auf, mit der er sich das falsche Bärtchen aufklebt, um als Schauspieler wie er ihn versteht, das besser ausdrücken zu können, was in den Regieanweisungen zwischen den Theatertexten mit: 'lacht sich in den Bart' beschrieben wird.

«Ganz einfach, weil die Scheiße immer Gutes bringt, nicht wahr, denn sie entsteht in den Gedärmen des Schauspielers, wenn er aufgrund seiner schauspielerischen Leistungen seinen Lebensunterhalt bestreiten kann. Das bedeutet, dass er mehr gute Scheiße produziert, je mehr er essen und seinen Hunger stillen konnte.»

«Sei's drum, Scheiße und gleich eine ganze Menge davon!», ich brülle vor Lachen!

Die anderen aber starren mich empört und verdutzt an.

«Konzentrieren Sie sich, anstatt den Clown zu spielen, bevor der Vorhang aufgeht! Wir stehen vor dem Auftritt, nicht wahr?» donnert der Hagere Histrione. Er stößt sich an meinem unprofessionellen Verhalten.

«Wir sind eine Wandertruppe - setzt er fort - bettel-
arm, mag sein, aber wir haben noch immer unsere
Würde, die es zu verteidigen und zu schützen gilt.
Hier wird nicht gelacht. Wir sind diejenigen, die das
Publikum zum Lachen bringen, nicht wahr?»
Diesmal lässt dieses beigefügte 'nicht wahr' keine
Widerrede zu.
Plötzlich bin ich mir nicht mehr sicher.
«Entschuldigt,», murmle ich, «was mache ich hier
überhaupt?»
«Na wunderbar!» höhnt die junge Frau, «das, was bei
uns jeden Tag auf dem Programm und auf dem
Plakat steht.»
«Welches Plakat? Welches Programm?», die Sache
beginnt mich zu ängstigen.
«Hier, lesen Sie das!» Der Hagere Histrione reicht
mir einen Faltprospekt. «Und beeilen Sie sich, in
fünf Minuten heißt es: 'Wer ist der nächste? Ihr
Auftritt bitte!'»
«Wie,» frage ich erstaunt, «ihr wisst nicht einmal
wer der nächste ist und geht trotzdem hinaus?»
«Das ist eine Redewendung, mein Lieber,» klärt
mich die Kassiererin auf, «eine Aufforderung an den
Betreffenden, seinen Platz auf der Bühne einzu-
nehmen, bevor der Vorhang aufgeht.»
Aus dieser Erklärung ziehe ich den Schluss, dass ich
gemeint bin. Ich soll auf die Bühne, aber was soll
ich dort? Im Faltprospekt mit der Beschreibung der
Vorstellung suche ich verzweifelt nach einem
Anhaltspunkt in den Didaskalien. Ich verstehe rein
gar nichts. So eine Katastrophe! Nun, versuchen Sie
es! Bitte nehmen Sie Ihre Lesebrille, wenn Sie eine
haben, und lesen Sie selbst:

DER UNBEDARFTE

von XY (es folgt mein Name, den ich lieber verschweige, denn ich befürchte, dass mich das, was ich geschrieben haben soll, lächerlich macht.)

Der Untertitel dieses Stücks, eine romantisch-fabelhafte Komödie, verweist auf die Quellen, an denen sich XY frei inspiriert. Das «Theater im Theater» ist beispielsweise ein nahezu ständig wiederkehrendes Element in der Dramaturgie von Tieck (und gelangt völlig unverändert zu Pirandello). In letzter Zeit sieht und hört man viel vom «Theater im Theater». Damit einhergehend kommt es zur Vernachlässigung philosophischer Inhalte zugunsten jeweils modern gewordener Aufführungen, die das Publikum im Flug erobern. Es ist kein Zufall, dass die Überlegungen zur «Realität der Realität», die das «Theater im Theater» mit sich bringt, angesichts der Verlockungen der Unterhaltungskomödien, schlussendlich in den Hintergrund geraten. Dies deutet seit jeher auf eine schwache Dramaturgie, bei der das Theater, in Ermangelung «ernsthafter» Inhalte, auf die Darstellung seiner selbst hinausläuft. Das entspricht auch im Sinne Hegels einer «leeren Vorstellung». Die erste Temporalität befasst sich mit eben dieser «leeren» Form des Theaters. Die Darstellung des Theaters seiner selbst ist jedoch trotzdem eine Form der Realitätsdarstellung, die «leer» sein kann, ohne sozialgeschichtliche Aspekte außer Acht zu lassen. Daraus ergibt sich in der zweiten Temporalität das Thema der Entwicklung der Persönlichkeit in der modernen Gesellschaft. Als Opfer der geistigen Entfremdung durch das Geld, das selbst die menschliche Existenz in austauschbare Ware verwandelt, muss sich die Figur des Celeste, ein moderner Peter Schlehmihl, von seinem «anderen» trennen, um alles Verlangen nach Besitz zu befriedigen. Der von seiner eigentlichen Existenz getrennte Schatten-Mensch fügt sich einem skrupellosen Finanztycoon. Letzterer stellt eine fantastisch dämonisierte Figur des Kapitalismus dar und ist imstande, aufgrund seines enormen Reichtums Wunder geschehen zu lassen und die verborgensten Wünsche zu erfüllen, aber er hinterlässt nichts anderes als Unglück und Elend. Der einzige Wunsch, den er nicht erfüllen kann, ist der Wunsch nach Freiheit oder auch «Unbedarftheit», im Sinne Schillers.

Davon ausgehend verlagert sich das Thema des Schlusses auf die Zukunft der Menschheit, in der es weder individuelle Unterschiede noch Vorstellungsvermögen und erst recht kein «Theater» mehr gibt. Dies nimmt unweigerlich Bezug auf den rumänischen Philosophen E. M. Cioran, der behauptet, die moderne Gesellschaft habe die Essenz des Vorstellungsvermögens unseres Seins «hingerichtet». Jenseits davon gibt es keine Gründe oder übergeordnete Gründe, für die es sich zu leben lohnte. Die Hoffnung ist tot und die einzig annehmbare Existenz ist eben «diese» Existenz, in der tragischerweise das Geschichtsbewusstsein des Menschen in Auflösung begriffen ist. Es bleibt ihm daher nichts anderes übrig, als das Ende zu leben, mit anderen Worten, ein Beckett'sches Warten auf Godot.

Die Philosophie von Cioran stellt ein «kritisches Selbstbewusstsein» der bürgerlichen Gesellschaft dar. Am Ende muss der Mensch den Stand der Dinge als einzige, unabwendbar existierende Möglichkeit hinnehmen und dieser sein individuelles Recht auf Freiheit abtreten. Damit trifft Cioran einen wunden Punkt, der im Entwicklungsverlauf der bürgerlichen Ideologie lange schon eine Schwachstelle war. Man bezieht sich auf den Rechtshegelianismus, der alles Existierende rechtfertigt und als Verwirklichung des Geistes jeder Schuld enthebt, da sich der Einzelne als ein dem Geist untergeordnetes Individuum betrachten muss, auch wenn

Hegel erfolglos versuchte, zwischen Staat und Individuum zu vermitteln.

Daher entwirft Cioran schließlich das Konzept einer «negativen Dialektik» der Hoffnung oder besser, einen Zustand der Hoffnungslosigkeit als Gegensatz zu dem, was der marxistische Philosoph H. Broch hingegen als «positive Dialektik der Hoffnung» definiert und als subjektive Verstärkung der revolutionären Fortentwicklung versteht. Auf diese ungelöste Gegenüberstellung trifft man im Epilog, (man halte sich die gegenseitige Auflösung-Selbstauflösung von Zeit und Geschichte vor Augen). Der logische Aufbau dieses Entwurfs nimmt, wie sich bereits erahnen lässt, Anleihe an der «Philosophie des Geistes» von Hegel.

Die erste Temporalität befasst sich mit dem naiven Sein des leeren, abstrakten Geistes (an sich), der zweite Temporalität stellt die historische Verwirklichung dieses unbedarften Seins des Geistes (für sich) dar, während die dritte Temporalität das Auftreten der unbedarften Existenz des Geistes (an und für sich) vorbereitet, der diesem Stück innewohnt.

Ich will gerade ein fragendes Hä? von mir geben, so ausdrucksstark wie der Anfang des Films *Große Vögel, kleine Vögel* von Pasolini, als plötzlich der Vorhang aufgeht und ich mich mit verwirrtem Gesichtsausdruck wie ein Betrunkener vor zahlreichem Publikum befinde, das sich etwas von mir erwartet. Aber was? Ich muss unbedingt etwas sagen oder die erstbeste Dummheit machen, die mir einfällt. Ich beschließe, mich darauf einzulassen. Kurzum: eine gottverdammte, verfluchte Abendvorstellung, die sich Abend für Abend wiederholt und der ich nicht mehr entkommen kann.

HILFE!

5.

Nach Beendigung der Aufführung und der aus
Pflichtbewusstsein wiederholten Verbeugungen, hat
der Hagere Histrione kein besonderes Lob mehr für
mich übrig und auch das Publikum scheint kühle
Zurückhaltung zu wahren. Im Saal herrscht bleierne
Stille, als ob er leer wäre. Der Hagere Histrione hingegen nimmt sich kein Blatt vor den Mund.
«Eine flügellahme Abendvorstellung, nicht wahr?»
«Nicht, dass ich wüsste, ich habe nichts fliegen ge-
sehen», versuche ich abzulenken.
«Richtig», gibt er sich verständnisvoll, «aber es herrscht eine Art Stille, wenn alle Zuschauer das Geschehen gebannt verfolgen, es herrscht jedoch eine
ganz andere Stille, nämlich Totenstille, wenn der
Schauspieler seiner Rolle nicht gerecht wird.»
Ich suche nach einer Ausrede und wende ein: «Nun,
nächstes Mal wird es besser klappen.»
Er pflanzt sich kerzengerade vor mir auf: «Nächstes
Mal? Was für ein nächstes Mal? Es könnte sein, dass
es gar kein nächstes Mal gibt, nicht wahr, denn
heute Abend hat unserer Vorstellung niemand geringerer als der große Kritiker beigewohnt. Er ist
der Doyen aller Theaterkritiker und schreibt für den
Corriere dello Spettacolo, den Bühnenkurier. Du verstehst schon, nicht wahr, ich wage es nicht einmal
seinen Namen auszusprechen, aus Angst, dass mir
dieser gefeierte Kritikergott einen Blitz an den Kopf
schleudert.»

«Ein Theaterkritiker, na und? Wer ist das schon!» bagatellisiere ich. Dabei freue ich mich, dass er mich duzt, denn es erweckt die Illusion, endlich als Arbeitskollege, als Künstler unter Künstlern, anerkannt zu werden. Gütiger Himmel, es war an der Zeit!

Der Hagere Histrione verzerrt das Gesicht und sieht dabei aus wie ein zerknülltes Blatt Papier. Erst jetzt beginne ich zu begreifen, dass er mich bereits als Untergebenen, als Handlanger sieht, der alles andere als ein ebenbürtiger Kollege ist und schon gar kein Künstler unter Künstlern. Dieses Duzen hat nichts mit beruflicher Anerkennung zu tun, er will mir damit lediglich klar machen, dass er mir jederzeit einen Tritt in den Hintern geben kann.

«Du bist ein Schwachkopf, nichts anderes! Für wen spielen wir deiner Meinung nach, für das Publikum? Weit gefehlt, mein Herr, mitnichten! Das tun wir für denjenigen, der über uns schreibt und damit den Geschmack des Publikums an das Niveau unserer Vorstellung anpasst. Der Kritiker kreiert den Geschmack und zwingt ihn dem Publikum auf, nicht umgekehrt. Wenn ein Zuschauer, der vom Theater bedauerlicherweise keine Ahnung hat, im Kulturteil des Kuriers liest, dass die Aufführung außerordentlich gut ist, so wird sein Urteil ebenfalls außerordentlich gut sein, auch wenn er nichts verstanden oder sich zu Tode gelangweilt hat. Und sein Urteil fällt nur so gut aus wegen des Kritikers, der den Text vorgibt und eigentlich auch die Gesetze, wenn ich mich hinsetze und genau lese, nicht wahr?»

Mirtilla, so lautet der anmutige Name der schönen Kassiererin, beschränkt sich darauf zu nicken. Es war mir endlich gelungen, ihren Namen aus einigen biografische Notizen zu erfahren.

Ich wage es, zu widersprechen: «Nun ja, die Abendvorstellung war nichts Besonderes, aber so schlecht war's wiederum auch nicht. Das Publikum hat nicht gerade mit stehenden Ovationen applaudiert, aber der Applaus war kurz und kräftig.»

«Ja, das stimmt.» pflichtet mir Mirtilla bei und wischt sich vor dem Spiegel die Schminke aus dem Gesicht. «Alle haben applaudiert, der große Kritiker allerdings nicht...» Die Schlussfolgerung ihres Gedankengangs malt einen trüben Schleier auf ihr Gesicht als ob die Träne eines Pierrots über ihre gepuderte Wange kullerte.

«Unbedarftes, unerfahrenes Mädchen!», donnert der Hagere Histrione. «Halte dir vor Augen, dass der große Kritiker niemals Applaus spendet, weil er nicht zu viel verraten will, indem er das Urteil vorwegnimmt. Der große Kritiker registriert den Applaus oder die Ablehnung des Publikums, beteiligt sich aber nie daran. Würde er sich vom ersten Eindruck hinreißen lassen, könnte er anschließend sein Urteil nicht mehr revidieren. Ein zu negatives Urteil, einen sogenannten Verriss, könnte er nicht mehr mildern und ein zu überschäumendes Urteil nicht mehr abschwächen, ohne den Verdacht zu erwecken, dass die Hauptdarstellerin möglicherweise seine Geliebte ist oder dass der Hauptdarsteller auch die Hauptrolle in seinem Bett spielen könnte. Der große Kritiker verzieht keine Miene und verharrt regungslos wie eine Wachsfigur oder eine Götterstatue.»

«Was daraufhin deutet, dass wir nicht sicher sein können, wie er die Vorstellung aufgenommen hat», fühlt sich Mirtilla bemüßigt zu ergänzen.

«Keiner weiß, was morgen sein wird... er kommentiert, was geschieht. Aber hat jemand von euch gesehen, ob er sich an der Schläfe gekratzt hat?

«Nein, ich glaube nicht», erwidere ich, «im Grunde gehe ich beim Spielen derart in meiner Rolle auf, dass ich mich wie eine Art Avatar der Wirklichkeit entziehe, um es mit einem Beispiel aus der siebten freien Kunst, dem Kino, auszudrücken.»

Ich kichere wegen des Vergleiches mit der großen Leinwand, was den Hageren Histrione zu einer widerwilligen Grimasse veranlasst und die arme Mirtilla so sehr überrascht, dass sie mit offenem Mund wie versteinert verharrt und nicht weiß, ob sie lachen oder schmollen soll. Deshalb wartet sie ab, was weiter passiert. Allerdings lässt der Tonfall des Hageren Histrione nicht auf ein bevorstehendes Donnerwetter schließen.

«Warum gilt das Kino als siebte freie Kunst? Weil es erst nach der sechsten kommt, der die fünfte, die vierte, die dritte und die zweite freie Kunst vorausgeht. Und, errätst du die erste freie Kunst?»

«Das Theater?», wage ich kleinlaut zu fragen.

«Lauwarm. Die erste Kunst, mein lieber, ist die Dialektik, die jedoch mit der Erfindung des Dialogs beginnt, dem sogenannten Zwiegespräch. Dialog kommt von *dia*, zwei, und *logos*, Argumentieren. Und worauf ist der Dialog deiner Meinung nach zurückzuführen? Auch das werde ich dir sagen: auf das Drama. Folglich kommt das Kino erst später, sehr viel später... wo war ich stehengeblieben?»

Mirtilla nimmt den ursprünglichen Gesprächsfaden wieder auf. «Wir sprachen vom großen Kritiker, der gestern bei uns im Saal war. Die Frage war, ob er sich während der Vorstellung gekratzt hat.»

«Oje», klagt der Hagere Histrione, «wenn sich ein großer Kritiker während einer Vorstellung am Kopf kratzt, ist das ein schlechtes, ein ganz schlechtes Zeichen.»

«Vielleicht juckt es ihn nur?», entlarve ich seine Vermutung.

«Und glaubst du, dass er ins Theater geht, weil es ihn juckt? Aber ich bitte dich, es ist allseits bekannt, was es bedeutet, wenn sich ein großer Kritiker kratzt, sich wiederholt schnäuzt, auf die Uhr schaut, das Theaterprogramm durchblättert, auf dem Sessel herumrutscht als säße er auf einem dornigen Scheiterhaufen, wenn er zum Himmel blickt, auf die Beine oder den Busen seiner Sitznachbarin starrt, sich die Augen reibt, die Beine unter den Sitz des Vordermanns streckt, seinen Hut als Fächer verwendet, als ob er vor Hitze sterben müsste, wenn er bis unter die Augen in seinem Schal versinkt, seine Kinnspitze zwischen Daumen und Zeigefinger drückt, sich am Ohr zieht, nicht wahr? Tritt nur etwas davon ein, schert ihn das Bühnengeschehen nicht im Geringsten.»

«Herrje, was sollte ein Kritiker nicht alles unterlassen, um keinen Verdacht auf Missbilligung zu erwecken!»

«Ja, leider! Geben wir uns ruhig der Illusion hin, dass seine negative Einstellung aus den unterschiedlichsten Gründen resultiert, auch völlig unabhängig von der Qualität der Vorstellung. Vielleicht steht er im Parkverbot und befürchtet, dass er eine Strafe zahlen muss, vielleicht hat er mit seiner Frau gestritten, weil sie ihn nicht ins Theater begleiten wollte, vielleicht hatte er ein Rendezvous geplant und der Chefredakteur hat ihn mit der Theaterrezension beauftragt, was ihn wiederum zwang, stattdessen ins Theater zu gehen, vielleicht hat er eine schwache Prostata und müsste pissen, vielleicht wollte er die Schauspielerin bumsen, hat aber soeben erfahren, dass sie lesbisch ist, vielleicht… Man muss mit tausend Ungewissheiten rechnen, nicht wahr?»

Die Überlegungen des Hageren Histrione sind logisch, man kann sie durchaus nachvollziehen, aber weder Mirtilla noch ich finden Argumente, die Situation nach der einen oder anderen Seite hin zu interpretieren. Die junge Frau hat genügend Hausverstand, die gespannte Atmosphäre zu lockern, während sie sich abschminkt.

«Ich habe ihn eine Zeitlang im Auge behalten, mir ist eigentlich nicht aufgefallen, dass er sich bewegt oder gekratzt hätte…»

«Er hat also gar nichts gemacht? Das ist ja noch schlimmer! Wenn der große Kritiker nichts macht… wer weiß, was ihm durch den Kopf gegangen ist.» Er schweigt, um nachzudenken und fährt fort: «Wollt ihr wirklich wissen, was der bestmögliche große Kritiker tun müsste?» Nun, wir lauschen beide gebannt.

«Er müsste die Vorstellung gar nicht gesehen haben, weil er, vermutlich betrunken, bereits nach den ersten Dialogzeilen eingeschlafen ist und für die restliche Dauer weitergeschlummert hat.»

«Sollte man daher schreien, damit er aufwacht oder ihm einen Stoß versetzen?»

«Es ist Unsinn, blanker Unsinn, einen schlafenden Kritiker zu wecken. Man soll ihn lieber in Morpheus' Arme wiegen und schlafen lassen. Später wird er von der Vorstellung in höchsten Tönen berichten, weil er sie nicht gesehen hat.»

«Aber wie kann er über eine Vorstellung schreiben, die er gar nicht gesehen hat?»

«Eben deshalb wird er immer nur Gutes schreiben.»

Das lässt wiederum einen Zweifel in mir aufsteigen: «Aber der große Kritiker, der heute bei uns in der Abendvorstellung war, hat durchgehend alles über sich ergehen lassen.»

«Und es ist uns nichts aufgefallen, weder dass er sich gekratzt hätte, noch dass er sich verdächtig verhalten hätte», beteuert Mirtilla.

«Das ist schlimm, es ist schrecklich, nicht zu wissen wie man beurteilt wird, nicht wahr?»

«Dann müssen wir eben abwarten, bis die Rezension herauskommt.»

Der Hagere Histrione schleudert mir zornige Blicke wie Blitze entgegen und zischt: «Du enttäuschst mich!»

«Aber warum?»

«Weil wenn man sich in unseren Kreisen bewegt…, seit wann bist du eigentlich schon dabei, seit zehn oder zwanzig Jahren? Nun, du solltest gelernt haben, dass man Ziele mit Einsatz, festem Willen, Beharrlichkeit und Sturheit erreicht. Abwarten, bis die Rezension veröffentlicht wird und dann unnütze Tränen vergießen? Ich würde mich schämen, vor den dunklen Mächten des Schicksals so armselig zu kapitulieren oder vor dem ekelhaften Arschloch von einem Kritiker, der seine Sätze wie Furze eines Hundes hinknallt, wohlgemerkt eines Hundes mit Durchfall, weil er einen Hühnerknochen nicht verdaut hat!»

«Und, was wollen Sie machen?»

«Ich werde gar nichts machen. Du wirst die Ärmel aufkrempeln und die Sache wieder in Ordnung bringen. Denn wie gesagt, könnte ein Verriss gerade jetzt fatale Folgen für deine Karriere haben, du könntest wieder in der namenlosen Masse verschwinden, im Mittelmaß, im Nichts, aus dem du durch Zufall aufgetaucht bist und wenn du das jemandem schuldig bist, dann mir und der hier anwesenden Mirtilla, weil wir dich als hoffnungsvolles Talent erkannt haben.»

Die beiden sehen mich an wie man einen zum Tode verurteilten ansieht, der an den Galgen muss. Der Hagere Histrione zieht ruckartig Stift und Papier hervor, schreibt zwei Zeilen nieder und überreicht mir den Zettel.

«Das ist die Adresse des großen Kritikers, ich kenne ihn, weil ich ihn einmal nach Hause begleitet habe, als er betrunken war. Dabei habe ich ihm über eine meiner meisterhaften Interpretationen das Hirn vollgeschwatzt. Morgen zur Mittagszeit tauchst du fein sauber bei ihm zuhause auf, bevor er isst und erklärst ihm lang und breit die Beweggründe für unsere Inszenierung, klärst ihn über Regieanweisungen auf, erwähnst historische Bezüge, steigerst seinen Hunger…»

«Seinen Wissenshunger?», unterbreche ich ihn
unbedarft, wie es nur ein Unbedarfter wie ich tun
kann.

«Das gibt's doch nicht! Ich meine seinen Hunger auf
Spaghetti mit Tomatensoße und Gegrilltes, was
schon seit einer halben Stunde für ihn bereitsteht.
Wage es nicht, mit ihm über die Schauspielkunst zu
diskutieren! Er würde dich fertig machen. Mundtot
würde er dich machen! Deshalb musst du mit
seinem Hunger spekulieren, damit er dir in allem
Recht gibt und dich zufriedenstellt, nur um dich los
zu werden, damit er sich endlich zu Tisch setzen
kann.»

«Und wenn er mich zum Essen einlädt?»

Beide brechen in schallendes Lachen aus. Meiner
Frage muss etwas Unpassendes anhaften, ich muss
einen Knopf gedrückt haben, der ihre Heiterkeit
ausgelöst hat.

«Ein großer Kritiker, der einem ein Essen bezahlt?
Besser als ein Witz ist das, nicht wahr?»

Mirtilla lacht immer noch herzhaft und drückt mir
einen Kuss auf die Stirn als wollte sie mir Sterbe-
sakrament und Ahnensegen geben. Was für ein
liebes Mädchen, denke ich und stecke den Zettel ein.
Darauf steht die Adresse des großen Kritikers, den
ich morgen sicherlich um die Mittagszeit besuchen
werde, wie mir der Hagere Histrione empfohlen
hatte.

In der Nacht plagen mich sorgenschwere Träume,
die mir Unbehagen bereiten: was werde ich sagen?
Wie könnte ich den großen Kritiker überzeugen,
sein Urteil zu meinen Gunsten abzuändern? Ich
könnte meine Unerfahrenheit anführen, schließlich

wurde ich gegen meinen Willen auf die Bühne katapultiert. Aber das könnte ihn noch wütender auf mich machen. Wie also, könnte er sagen, was wollen Sie ohne Berufsausbildung, ohne Schulung, ohne Schauspielkurs, ohne Mitgliedschaft in irgendeiner Laiendarstellertruppe, wo sie etwas gelernt hätten? Sie wagen es, sich auf der Bühne zu präsentieren und haben obendrein die Unverfrorenheit, einen wichtigen Kritiker zur Essenszeit zu belästigen? Hegen Sie Hintergedanken, zu Tisch geladen zu werden und nebenbei Ihre von vornherein verlorenen Angelegenheiten zu vertreten? Schon sehe ich mich auf ungute Art weggeschickt, auf meinen Schultern lastet mein dürftiges schauspielerisches Können und ich stapfe mit gesenktem Kopf den Weg zurück. Aber was soll ich dann sagen? Was soll ich nur machen? Kalten Schweiß treibt es mir über den Rücken. Man hatte mir ein Behelfsbett gemacht, indem man ein kleines Sofa, das sich glücklicherweise in der Umkleide fand, und einen abge--nutzten, staubigen Sessel zusammenstellte. Mit aufgerissenen Augen starre ich an die Decke. Sie ist mir ganz und gar kein Sternenhimmel, sondern vielmehr eine Öde aus vorbeiziehenden schweren Regenwolken mit Blitz und Donner! Erst als ich mir gut zurede, dass ich schon irgendetwas machen, irgendetwas sagen, dass mir irgendetwas einfallen würde, kann ich mich beruhigen und falle in einen leichten, unruhigen Schlaf.

Ganz so leicht kann er aber nicht gewesen sein, denn als mich Mirtilla heftig wachrüttelt, wird mir bewusst, dass ich bis weit über die Mittagsstunde hinaus geschlafen habe.

«Wach auf, du musst los, es ist schon nach dreizehn Uhr und große Kritiker essen um Punkt zwei!»

Zum Glück bin ich angezogen zu Bett gegangen, daher muss ich nur noch die Schuhe anziehen und schnell den üblichen dünnen Kaffee schlürfen. Der Hagere Histrione hatte mir den Kaffee neben die elektrische Herdplatte gestellt. Er schmeckt grauenhaft! Mirtilla missversteht meinen angewiderten Ausdruck und glaubt, es sei ein Kälteschauer, der mich überläuft aus Angst vor der bevorstehenden Begegnung zwischen dem großen Kritiker und mir, dem armen Schauspieler.

«Nur Mut», ermuntert sie mich, «er wird dich schon nicht fressen!»

«Hoffen wir das Beste!»

Bevor ich mich auf den Weg mache, gieße ich beiläufig den ungenießbaren Kaffee, diese Plörre, ins Waschbecken.

6.

Die Ewige Stadt umfängt mich wie eine alte, runzelige Hexe, die sich plötzlich in eine reizende Elfe verwandelt, eine alte Hyäne die unvermittelt zur Himmelskönigin wird. Es ist kein Zufall, dass mir dieser Vergleich einfällt, während ich entlang des Tibers dahinspaziere und eben Regina Coeli erreiche, das römische Gefängnis, auf der von Gabriella Ferri besungenen Lungara di Trastevere. Ich höre noch die tiefe, raue Stimme dieser wunderbaren blonden Sängerin, die vorwiegend typisch römische Lieder und Gedichte voller Liebes- und Messergeplänkel interpretierte wie zum Beispiel *Fiori Trasteverini*, und ich trällere das Lied vor mich hin.

Roma bella, Roma mia
Te se vonno portà via
(Mein Rom, mein schönes Rom,
sie wollen dich fortschaffen)

Ein melancholischer Blick auf den *blonden* Tiber, der unter dem Ponte Umberto dahinfließt: riesige Möwen schwingen ihre fetten Leiber durch die Luft. Touristen füttern sie mit Brotresten und Pizzastücken, um zusehen zu können, wie sie umherflattern und sich das Futter strittig machen. Und leise singe ich weiter

Er barcarolo va controcorente
Er canto suo lontano se risente…
(Der Schiffer fährt gegen die Strömung
Weithin ertönt sein Gesang)

«Sie haben eine wunderschöne Stimme», unterbricht
mich ein gut gekleideter Herr in Jackett und Kra-
watte, Regenschirm unter dem Arm.

«Danke, aber ich glaube nicht, dass ausgerechnet ich
singen kann!» schütze ich vor.

«Überlassen Sie das Urteil anderen, mir hat es
gefallen.»

«Sehr nett!». Ich versuche, mich zu befreien und das
Gespräch zu beenden.

«Das hat mit nett überhaupt nichts zu tun! Seit
Monaten, was sage ich, seit Jahren bin ich auf der
Suche nach einer Stimme, die die unglaubliche
Gabriella ersetzen kann.»

«Die Ferri ist unersetzbar, glauben Sie mir!» Erneut
versuche ich, mich aus den Fängen zu befreien.

«Das habe auch ich geglaubt, wissen Sie? Zumindest
bis jetzt. Aber nachdem ich Sie singen gehört
habe…»

«Meinen Sie mich? Machen Sie sich lustig über
mich?» In mir regt sich ein Verdacht, daher versuche ich, ihn abzulenken: «Gestatten Sie eine Frage?»

«Bitte reden Sie, fragen Sie mich, was sie wollen.»

«Ich frage mich, was sie mit dem Schirm vorhaben,
tragen Sie ihn spazieren? Das Wetter ist wunder-
schön, die Sonne scheint und wie wir alle wissen,
trügt das Wetter in Rom niemals.»

«Man kann nie wissen. Außerdem benutze ich ihn
als Gehstock, denn ich hinke ein wenig, wie der
Teufel, ja wirklich wie der Teufel, der aufgrund
seiner Bockbeine hinkt, aber das ist natürlich nur
ein Scherz. Schließlich könnte ich ihn brauchen,
falls jemand mit schlechten Absichten glaubt,
einfaches Spiel mit mir zu haben. Dann verwende

ich ihn nicht als Spazierstock, sondern als Schlagstock.»

«Lustig!» Die Erklärung ringt mir ein Lächeln ab.

«Das finden Sie lustig? Ich nicht. Aber kommen wir auf Ihre Stimme zurück. Würden Sie mir ihre Stimme geben?»

«Geben? Verzeihen Sie, in welcher Hinsicht kann man seine Stimme hergeben?»

«Auf den Punkt gebracht: würden Sie sie mir verkaufen?»

«Und was mache ich dann ohne Stimme? Werde ich nicht mehr reden können?»

«Sie belieben zu scherzen, nicht wahr?»

Ich zucke zusammen. Sein *nicht wahr* kommt mir bekannt vor, ich habe es mehrmals vom Hageren Histrione vernommen. Ist er mir gefolgt? Könnte er sich verkleidet und das Aussehen dieses extravaganten Herrn angenommen haben, dem zufälligerweise ein paar Töne von mir zu Gehör gekommen sind? Will er mich in der Folkmusik Karriere machen lassen? Vermutlich spürt er mein Unbehagen und meine unvermittelt skeptische und misstrauische Haltung.

«Sie trauen mir nicht und sie tun gut daran. Man darf niemandem trauen. Schon gar nicht einem Unbekannten, dem man zufällig über den Weg läuft und besonders, wenn letzterer verlockende Vorschläge macht, die allerdings einen durchaus vertrauten Verdacht wecken. Halten Sie sich vor Augen, dass sich die Künstler hier in Rom untereinander mehr oder weniger alle kennen, seien sie aus der Welt des Theaters, des Films oder der Medien.

Man besucht sich gegenseitig, nimmt Charakter, Verhaltensweisen und sonstige Ähnlichkeiten voneinander an, verwendet die gemeinsame Sprache, die alle sprechen, die auf diesem Gebiet arbeiten, kurzum, man gleicht sich einander an. Daher sind einige Redewendungen oder Worte sogar Anzeichen gegenseitiger Anerkennung, ein Zeichen, dass man zum System gehört, das wir *Show Business* nennen. Anders formuliert: wir sitzen alle im gleichen Boot, rudern in dieselbe Richtung und rufen alle auf dieselbe Art: 'Land in Sicht!' Für mich ist es der ständige Einschub: 'nicht wahr?'. Es ist ein umgangssprachlicher Ausdruck und ein typisches Zeichen für die Zugehörigkeit zu Kreisen, die sich mit künstlerischen Fragen auseinandersetzen.»

Der Klang seiner Worte ruft bei mir einen seltsamen Ermüdungseffekt, genauer gesagt einen Hypnoseeffekt hervor. Zum Glück werde ich vom plötzlichen Ertönen einer Hupe in die Wirklichkeit zurückgeholt. Ich schüttle mich.

«Verzeihen Sie, aber ich muss wirklich weiter. Ich habe eine sehr wichtige Verabredung»

«Gehen Sie nur, lassen Sie sie nicht warten… glückselige Jugend!»

«Es handelt sich nicht um ein Rendezvous, es geht um meine Arbeit.»

«Arbeit? Seit wann ist der Beruf eines Mimen Arbeit?»

Wahrscheinlich ist der Blick, den ich ihm entgegenschleudere, ausdrucksstark genug, sodass er versteht, wie sauer mich das stimmt, immerhin fühlt er sich verpflichtet, richtigzustellen: «Verstehen Sie mich nicht falsch, ich will damit nicht sagen, dass

Theaterleute Drückeberger sind. Ich beziehe mich vielmehr auf den Genuss und die Freude, die jedem künstlerischen Beruf zugrunde liegen. Eine Freude, eine Ekstase, wie Platon in einem seiner philosophischen Gespräche sagt, trocknet den Schweiß auf der Stirn und lässt die Mühe schwinden. Sie erfährt die finale Verherrlichung, wenn der überaus verdiente Applaus mit stehenden Ovationen endet.» Nachdem er das gesagt hat, fügt er ein verstörendes *nicht wahr?* hinzu. Es ist im Ausdruck mit mindestens drei Fragezeichen versehen, genau wie beim Hageren Histrione. Was für ein seltsamer Zufall, denke ich mir. Die Sprachmelodie dieses düsteren Herrn mit dem fulminanten Kinoblick veranlasst mich, den Schwanz einzuziehen und das Kriegsbeil wegzulegen.

«Das ist glasklar», antworte ich.

«Kommen wir also auf uns beide zurück.» Er verliert keine Zeit.

«Ich bin wirklich in Eile, man erwartet mich.»

«Es dauert nur eine Minute, vielleicht noch weniger. Schauen Sie, mir reicht ein Händedruck.»

«Wozu?»

«Damit wir übereinkommen, meine ich.»

«Worüber denn?»

«Worüber wir gerade vorhin gesprochen haben, es geht um Ihre Stimme, Ihre hervorragende Stimme, nicht wahr?»

Einen Augenblick verschlägt es mir die Sprache, es kommt mir lächerlich vor.

Er errät, warum ich so ungläubig schaue und klärt mich auf: «Ich heiße Stefanino Pironzio und bin Talentjäger in der Musikbranche. Ich leite eine

Künstleragentur und vertrete einige bekannte *Performer*. Ich beabsichtige, Ihre Stimme unter Vertrag zu nehmen, hier ist meine Visitenkarte…»
Und schon habe ich ein gelbes Kärtchen mit Adresse und Telefonnummer in der Hand.
«Für den Vertrag reicht mir vorläufig ein Händedruck. Selbstverständlich unter Gentlemen, so kommt man mühelos überein, nicht wahr?» Und damit streckt er mir auf so sichere und joviale Art die Hand entgegen, dass ich sogar vergesse, einen Trick oder einen Betrug dahinter befürchten zu müssen.
Was ist schon ein Händedruck? Ich erwidere unbedarft seine höfliche Geste und er schüttelt meinen Arm als rüttelte er an einem Ast, um die Früchte herunterzuschütteln. In diesem Augenblick entsteht in mir ein Bild, das sich anfühlt wie eine Reizübertragung vom Gehirn meines Gesprächspartners auf mein Unterbewusstsein und ich sehe einen faulen Apfel, der vom Baum fällt und über den Hang eines Obstgartens kullert. Als der Apfel endlich zum Stillstand kommt, entdecke ich mit Schrecken mein Gesicht auf dem Oval des Apfels. Mir ist, als wäre mein Kopf davongeflogen. Dadurch fällt mir auf, dass ich einen kurzen Augenblick eingeschlafen sein muss, denn geblendet von den Fluten des Tibers, in denen sich die römische Sonne spiegelt, öffne ich die Augen und stelle fest, dass ich allein bin, vor mir ist es leer und mein Arm bewegt sich hektisch gestikulierend wie unter Strom.
Sonderbare Begegnung, denke ich und eile den Tiber entlang in Richtung des Stadtteils Prati, wo der Große Kritiker wohnt. Er wartet nicht auf mich,

aber ich muss ihn aufgrund des schlechten Vorstellungsverlaufs von gestern Abend aufsuchen. Ich muss versuchen, ihn gnädig zu stimmen und ihn dazu bewegen, sein hartes Urteil abzumildern.

Knapp über meinem Kopf verspüre ich einen leichten Luftzug und sowie ich zum Himmel schaue, erblicke ich eine überdimensional große Möwe mit furchterregendem, gelbem Schnabel und blutrünstigen Augen. Anstatt über dem Fluss zu fliegen und zu jagen, wie es andere Möwen machen, zieht sie kleiner werdende Kreise über meinem Kopf. Im Gegenlicht wirft ihr Körper einen angsteinflößenden Schatten auf den Asphalt und mir ist, als wäre ich in einem unsichtbaren Kegel gefangen, aus dem ich mich nicht befreien kann, obwohl ich abwechselnd versuche, schneller oder langsamer zu gehen. Und das Untier krächzt auch noch wie ein Geier, wenn ich versuche, eine andere Richtung einzuschlagen, indem ich mich zwischen den Stoßdämpfern der unter den Platanen abgestellten Autos durchzwänge.

Der Große Kritiker lebt in einer reizenden kleinen Libertyvilla mitten im zentrumsnahen, exklusiven römischen Stadtteil Prati, in einer ruhigen Seitenstraße des Viale Giulio Cesare, mit Blick auf den Pincio und die Parkanlage Villa Borghese.

Das Gärtchen wirkt nicht gerade gepflegt, aber die Pflanzen wuchern üppig aufgrund des vorherrschenden mild-feuchten Klimas. Die Beete sind voller Unkraut und Brennnesseln, eine bunte Mischung, manches davon könnte man essen, sofern man es unterscheiden kann. Ich warte, ob sich jemand an der Gegensprechanlage meldet, aber es

rührt sich nichts. Die Riesenmöwe hat mich bis
hierher verfolgt und sitzt jetzt auf dem Dach und
wartet ebenfalls ab, was weiter geschieht. Ich will
gerade noch einmal anläuten, als eine krächzende
Stimme ertönt: «Wer ist da?» Es bestürzt mich nicht
wenig, dass die Stimme eine gewisse Ähnlichkeit mit
dem Krächzen des Riesenvogels hat, der mich auf
dem Weg hierher begleitet hat.
«Ich heiße XY und ersuche höflichst, den großen
Kritiker zu sprechen.»
«In welcher Angelegenheit? Ich sage Ihnen gleich,
dass ich weder den Telefonanbieter noch den
Energiezulieferer wechsle. Ihr kommt immer um die
Mittagszeit, ihr nervt!»
Ich bin knapp davor aufzugeben. Für einen schüch-
ternen Menschen wie mich, ist so ein Unterfangen,
wenn ich nicht gerade auf der Bühne stehe, viel zu
abenteuerlich. Aber da ich schon einmal hier bin,
wage ich es. Daher versuche ich, ihm zu versichern,
dass mein Besuch tatsächlich eine konkrete Absicht
und einen Zweck verfolgt.
«Aber nein, ich will Sie gewiss nicht stören, um Sie
zu überreden, den Telefonanbieter oder Energiezulieferer zu ändern…» Hier halte ich inne, denn
innerlich macht sich ein Gefühl breit, das Pirandello,
der Sizilianer aus Agrigent, in seinem Werk, 'Der
Humor' als gegensätzliches Gefühl beschrieben hat,
das zur Heuchelei führt. Eigentlich lüge ich ja, denn
das Anliegen meiner *mission impossible* zielt darauf ab,
eine Änderung, eine Meinungsänderung zu bewirken, was meine grauenhaft schlechte Schauspiel-
leistung betrifft. Diesen Abend würde ich lieber
vergessen, das heißt, offen gestanden kann ich mich

zum Glück gar nicht mehr daran erinnern. Was war
ist verschwunden, wie weggezaubert, aus dem Gedächtnis gelöscht, als ob es nie stattgefunden hätte.
«Was nun, darf man erfahren, was sie eigentlich
wollen?», schüchtert mich der Große Kritiker ein,
denn er hat mein Zögern satt.
Ich nehme meinen Mut zusammen und sage: «Ich
möchte fünf Minuten ihrer Zeit stehlen…» Um
Gottes Willen, was rede ich da zusammen! Und ich
korrigiere mich sogleich: «Ich möchte lediglich fünf
Minuten mit Ihnen reden, nur fünf Minuten, es geht
ums Theater.»
Und als ob das Wort Theater ein Befehl wäre, das
Passwort eines Geheimcodes, der mir verschleiert,
rätselhaft bleibt, springt das Eingangstor zur Villa
angelweit auf. Ich darf eintreten. Der Greifvogel auf
dem Dach flattert auf und schleudert dabei ein
ekelerregendes Souvenir herab, das direkt vor mir
auf dem Gartenweg zerschlagen liegen bleibt.
Herzlichen Dank, du böshafter Vogel!
Die kleine Villa hat ockergelbe Außenwände, die
Fensterläden sind karmesinrot, allerdings hat die
Witterung und offensichtlich auch der Zahn der
Zeit dazu beigetragen, dass alles schon etwas ver-
wahrlost wirkt. Auf dem Gehweg zur Eingangstür
läuft mir anscheinend festlich gestimmt ein winziges
Hündchen entgegen, ein Zwergpudel mit dichtem,
weißen Kraushaar. Das Tier bellt mich an, so laut es
mit seiner kleinen Kehle kann. Das ist alles andere
als feierlich! Es knurrt und verstellt mir den Weg
wie die wilden Tiere, die Dante im ersten Gesang
der göttlichen Komödie beschreibt.

«Flip! Platz Flip, Ruhe, sitz…» donnert der Große
Kritiker und zu mir gewandt:
«Er bellt nur, der kleine Flip, aber er tut nichts!»
Ich lächle und verberge meine Gedanken unter der
Maske des Wohlwollens gegenüber dem Tierchen,
das ich lieber wie einen Floh zerdrücken möchte.
Vielleicht hat das Hündchen intuitiv erfasst, was ich
denke, jedenfalls sieht es mich feindlich an, während
es den Rückzug antritt, um sich in die schützenden
Arme des Großen Kritikers zu begeben. Letzterer
steht oben auf dem Stiegenaufgang vor der Haustür
und erscheint in meinen Augen wie eine höhere
Macht, ein Schutzpatron oder eine furchterregende
Gottheit, die imstande ist, Blitz und Donnerschlag
von der Anhöhe des Olymps herabzuschleudern.
«Bitte kommen Sie weiter, kommen Sie herein!»,
fordert er mich auf.
Er ist groß, hat einen Bauch wie ein Walross,
spärliches, graues Haar und einen Spitzbart wie ihn
Luigi Pirandello trug. Der Bart zeichnet einen
weißen Schleier in sein Gesicht. Am Ringfinger der
rechten Hand trägt er einen goldenen Wappenring,
vielleicht ein Familienwappen oder das Wappen
einer Geheimgesellschaft, der er möglicherweise angehört. Seine grauen Augen lassen keine Emotionen
durchscheinen, er starrt mich an, als wollte er mich
mit einem spitzen Pfeil durchbohren und mustert
mich von Kopf bis Fuß. Er wägt ab, was an mir ist,
so wie man es mit Grillfleisch macht, das man auf
die Glut legen will. Ich möchte ihn gern fragen, ob
ich für seinen Geschmack gut genug abgehangen
bin, aber ich sehe davon ab, denn es ist nicht der
Augenblick für geistreiche Scherze, da meine Kar-

riere als Theaterschauspieler auf dem Spiel steht. Meine Karriere könnte katastrophal enden, noch bevor sie begonnen hat, wenn ich bei diesem Mann in Ungnade falle.

«Gut, gut,», ermuntert er mich, vermutlich erahnt er mein Unbehagen «was verschafft mir die Ehre?»

Ich möchte und sollte antworten, aber das Hündchen fängt an, mir auf die Schuhe zu pissen. Dafür hätte es sich einen ordentlichen Tritt verdient, wenn ich nicht gezwungen wäre, geduldig mitzumachen, um mich nicht mit dem großen Kritiker anzulegen.

«Flip! Hör auf, den Herrn zu belästigen! Schluss! Aus! Böser Hund.» Er kommt mir zu Hilfe, bevor meine Füße im Nassen stehen.

Ich gebe vor, belustigt zu kichern und bagatellisiere: «Aber nein, lassen Sie nur, das macht nichts!»

«Nehmen Sie es nicht persönlich, Das macht er immer bei Fremden, es ist seine Art sein Revier zu markieren und den Freundschaftsmodus festzulegen.»

Freundschaft? Wie würde der Köter reagieren, wenn ich ihm auf den Kopf pissen würde? Aber das behalte ich für mich. Stattdessen beuge ich mich zu diesem Flohköter und tue als liebkoste ich ihn. Zum Glück ziehe ich gerade meine Hand zurück, denn das Tier springt auf und versucht, nach meiner Hand zu schnappen.

«Flip, du ungezogener Hund, das macht man nicht mit Gästen!» schreit sein Herrchen, der große Kritiker, wendet sich dann aber wieder zu mir: «Was wollten Sie vorhin sagen?» Doch bevor ich noch den Mund aufmachen kann, kommt er mir wieder zuvor: «Warten Sie, warten Sie, mir scheint, dass ich

Sie bereits irgendwo gesehen habe, Ihr Gesicht kommt mir bekannt vor. Sind wir uns schon einmal begegnet?!»

«Gestern im Theater, war ich der Hauptdarsteller des Stücks.»

«Aber ja, sicher, jetzt erinnere ich mich an Sie. Sie sind der Jüngling mit der Sonnenbrille und dem Zahnstocher im Mund. Sehr gut, sehr gut. Aber bitte, nehmen Sie Platz!»

«Ich will Sie wirklich nicht stören», versuche ich umständlich klarzumachen.

«Wo denken Sie hin, Sie stören mich nicht im Geringsten, ganz im Gegenteil, wissen Sie was? Es ist Mittagszeit. Haben Sie bereits gegessen? Nein, das glaube ich nicht, es ist viel zu früh für einen Schauspieler, der spät vormittags erwacht, nachdem er bis tief in die Nacht hinein seine Arbeit auf der Bühne verrichtet hat.»

«So ist es», ich weiß nicht, was ich sonst sagen sollte.

«Dann leisten Sie mir Gesellschaft bei Tisch, wir nehmen ein paar Bissen zu uns während wir reden. Tun Sie sich keinen Zwang an, ich kann verklemmte Menschen nicht ausstehen.»

Der Befehlston seines letzten Satzes bewegt mich, gute Miene zum bösen Spiel zu machen und die Einladung anzunehmen, um ihn nicht zu verärgern. Ich gebe zu, dass meine Vorbehalte auch wegen der Hinweise wuchsen, die der Hagere Histrione anführte, als er von der notorischen Knauserei des Großen Kritikers erzählte: *glaub nur nicht, dass er dich jemals zum Essen einladen würde oder auf einen Kaffee, wenn es auf seine Kosten geht. Wenn hingegen du ihn einlädst, wirst du sehen, wie schnell er der Aufforderung nachkommt!*

Anders als vorhergesagt bin ich jetzt derjenige, der ein umständliches «Danke» murmeln muss, auch wenn ich gar nicht hungrig bin, weil mir die situationsbedingte Nervosität auf den Magen schlägt. Was will er von mir? Frage ich mich ängstlich und sehe mich flüchtig im Speisezimmer um, wohin mich der große Kritiker gebeten hatte. Auf Schritt und Tritt folgt ihm sein treuer Kläffer, der sich bellend zu mir umdreht. Ich beschließe, auf einen mimischen Trick zurückzugreifen, den ich mittlerweile ziemlich gut beherrsche. Ich fletsche drohend die Zähne, wie es der Kläffer bisher mir gegenüber gemacht hat. Die Botschaft kommt an. Leise winselnd zieht er sich auf einen abgewetzten, schmuddeligen Polstersessel zurück, ich nehme an, das ist sein angestammter Platz.

In der Mitte des Wohnzimmers steht ein dunkler Tisch mit schweren, rustikalen Stühlen aus Nussholz, daneben eine wahrscheinlich wurmstichige Kredenz mit grünen und roten Glaseinsätzen. An den Wänden hängen einige fürchterliche Porträts von Unbekannten, vermutlich aus dem späten 19. Jh. Wie Erhängte baumeln sie an einem Cord Seil, ernst und pompös, ich möchte sagen nahezu lächerlich. Ein Glück, dass sich die Zeiten geändert haben, sage ich mir. Aber der Große Kritiker scheint meine Gedanken zu lesen und stellt sie mir vor: «Das sind meine Vorfahren, aber bitte, nehmen Sie Platz!», er weist auf einen Sitzplatz, der dem seinigen gegenüberliegt, sodass wir beide den Vorsitz haben. Die Tafel ist sorgfältig gedeckt, je ein Bleikristallglas für Wasser und Wein, Silberbesteck, Teller aus feinstem Porzellan, nehme ich an. Ich stelle überrascht fest, dass auch mein Platz bereits gedeckt ist, als hätte er mich erwartet. Und schon wieder liest er mir die Gedanken von der Stirn ab: «Der Hagere Histrione, ihr Produzent, hat mich über Ihren Besuch vorab in Kenntnis gesetzt, daher habe ich gedacht, da die Mittagszeit naht... ich hoffe, das freut Sie.»

Er setzt sich, nimmt den Deckel vom Teller und fordert mich auf, ihm gleich zu tun. Ein widerwärtiger Geruch beleidigt meine Nase, meine Brille beschlägt sich, als ich eine bräunliche Suppe erblicke, in der einige Fleischstückchen wie rettungssuchende Ertrinkende im Meer schwimmen. Eine kohlschwarz getoastete Brotscheibe taucht aus den Untiefen des Tellers wie das Relikt eines Wracks. Ich finde nicht den Mut, den Löffel in die Brühe zu tauchen. Selbst einer hungrigen Hyäne, die nur verwestes Futter sucht, würde bei diesem Anblick der Hunger vergehen.

«Riechen Sie nur, was für ein Duft! Ich hoffe, es schmeckt Ihnen», und er macht sich über den Fraß her.

Mit dem Löffel rühre ich noch einmal die grauenvolle Brühe um und beschließe, den Mund aufzumachen, um Zeit zu gewinnen, sonst muss ich am Ende diesen stinkenden Schleim hinunterwürgen, von dem ich glaube, dass er absolut ungenießbar ist.

«Entschuldigen Sie meine Unbedarftheit...» beginne ich und es ist mir peinlich.

«Was gibt es zu entschuldigen?» für einen Augenblick unterbricht mein Gesprächspartner sein emsiges Löffeln. «Bei Ihrer Unbedarftheit! Lautet denn nicht der Titel des Stücks, in dem Sie die Hauptrolle spielen: 'Der Schelm oder der Unbedarfte'?» Ohne auf weitere Erklärungen meinerseits zu warten, fährt er fort, seine Suppe zu löffeln, beginnt einen halben Satz, isst dazwischen ein Stück Brot, spricht weiter: «Also, warum sollte ich Ihre Unbedarftheit entschuldigen? Passen Sie auf, im Theater entschuldigt man nichts und niemandem. Die Beurteilung des Kritikers ist immer streng und ebenso unwiderruflich wie die Beurteilung des Publikums. Damit will ich klarstellen, dass Sie in der theatralischen Darstellung dieses Stücks ein Unbedarfter oder ein Schelm sind, und ein Hauch davon überträgt sich auf das wirkliche Leben, den Alltag, weil man das, was man darstellt auch wirklich ist, ob man will oder nicht. Und wenn man es nicht ist, dann wird man es. Alles klar?»

Klar ist mir überhaupt nichts von seinem Palaver, aber ich nicke, um ihn so lange wie möglich bei Laune zu halten. Schließlich besteht die Aufgabe meiner *mission impossible* darin, ihn wohlwollend zu stimmen und nicht, ihm zu widersprechen oder mich in den Weg zu stellen. Und um ihm noch mehr Genugtuung zu verschaffen, verdrücke ich einen Großteil dieses grauenhaften Gemüsepapps.

«Wenn man der Unbedarftheit freien Lauf lässt, wird man wieder zum Kind, aber man bleibt doch auch immer Schauspieler, nicht wahr?»

Dieses *nicht wahr* lässt mich auf dem Stuhl zusammenzucken. Eine Karottenscheibe fällt mir vom Suppenlöffel zurück in den Teller, wo eine Art Magmaeruption erfolgt. Ein Spritzer glühender Lava trifft mich vorn auf der Brust, ausgerechnet auf dem frischen weißen Hemd, das ich für diesen Anlass angezogen hatte. Das musste wohl so kommen!

Indem ich vorgebe, die Ruhe in Person zu sein, wische ich mit der Serviette langsam über den riesigen Fleck, als ob es sich um eine Kleinigkeit handelte. Dabei bin ich mir fast sicher, dass mein Tischgenosse, der über mein Ungeschick nur lächelt, sich innerlich krummlacht.

«Sie möchten mit mir über eine Theaterangelegenheit sprechen, die Sie wahrscheinlich höchstpersönlich betrifft, nicht wahr?»

«In der Ta-Tat…», stottere ich.

«Lieber Freund, ich bin mir sicher, dass Sie gekommen sind, um Ihre Arbeit zu verteidigen, da Sie, so wie alle Künstler, daran zweifeln, ob Sie ins Schwarze getroffen haben, ob Ihre Darbietung vielleicht nur halbherzig war, ob Sie das Publikum und den großen Kritiker, also mich, überzeugen konnten. Ja, ich war ausnahmsweise in diesem kleinen Saal; ihn als Theatersaal zu bezeichnen, wäre eine Beleidigung der Muse Melpomene, der Schutzgöttin der Schauspielkunst. Wollen wir daher das, was ihr jungen Theaterleute von heute als Raum definiert beim Namen nennen? Es ist ein Drecksloch!»

Er schaut mir geradewegs in die Augen, als wolle er mich provozieren. Aber seine Worte lassen mich kalt. Das Theater, in dem ich auftrete, soll ein Drecksloch sein? Was soll ich dazu sagen? Mir kommt es jedenfalls vor wie ein schmucker Saal mit Samtsesseln, Kristallleuchtern, mit einer schönen jungen Frau, die Platzanweiserin, Kassiererin, Regiegehilfin, angehender Schauspielstar und vieles mehr ist. Zu hören, dass es sich um ein Drecksloch handelt, in dem es vor Schaben und Ratten wimmelt, geht mir nicht ein, genauso wenig wie die Suppe, die

ich mir in den Mund schiebe, aber das mache ich
eher, damit ich nichts darauf sage und nicht, weil sie
mir schmeckt. He, ich bin doch kein Gregor Samsa
aus Kafkas 'Die Verwandlung'! Auch wenn, auch
wenn..., ja wenn ich es mir genau überlege, könnte
ich es noch werden, selbstverständlich keine richtige
Schabe, aber die Figur aus dem Roman könnte ich
auf der Bühne darstellen. Die Rolle von Gregor
würde gut zu mir passen und auch die einer Schabe,
vorausgesetzt natürlich, dass ich die Rolle nur auf
der Bühne spiele.

Ich schaue auf den Fraß in meinem Teller und spüre,
dass er mir im Hals steckt wie verrotteter Sumpf-
schlamm. Ein unerträglicher Druck auf dem Magen
steigt meine Speiseröhre hoch und drückt im
Rachen wie kurz vor dem Erbrechen. Ich glaube,
nein, ich bin mir ganz sicher, dass ich jetzt nur aus
einem einzigen Grund den Mund aufmachen würde,
nämlich um meinen Magen zu erleichtern.

«Wir haben zu viel gegessen, nicht wahr?», provo-
ziert mich der große Kritiker. «Im Übrigen weiß
man ja, dass Komiker gewohnt sind, einen leeren
Bauch zu haben und das ist wiederum oft der
Grund für ein Versagen auf der Bühne, zwischen
Reflux, Rülpsern und Furzen, ja... übertriebenem
Furzen. Auch das passiert großen Schauspielern
aufgrund bemühter Interpretation und Konzentration...»

Am liebsten würde ich ihn zum Teufel jagen, wenn
ich nur ein Wort herausbrächte, aber die zähflüssige
Tunke hat mir den Mund verklebt und einen
abstoßenden Nachgeschmack auf Zunge und auf
Gaumen hinterlassen. Dann noch dieses ständig

wiederholte 'nicht wahr?', das mir bereits hinreichend bekannt und viel zu oft zu Ohren gekommen ist: lähmt meine Kiefermuskulatur. Bin ich in einen riesigen Widerspruch verwickelt? In einen Komplott oder gar in einen Betrug? Was kann hinter dieser Inszenierung stecken, deren Hauptdarsteller ich zu sein glaubte? In Wirklichkeit bin ich plötzlich zu einem Versuchskaninchen geworden? Was soll das? raunt eine leise innere Stimme und es wäre besser, darauf zu hören als nur zu sitzen und in die klebrige Brühe zu starren, von der man gar nicht sagen kann, woraus sie besteht. Mein Schweigen und meine ausbleibende Reaktion bewirken, dass sich der große Kritiker bemüßigt und vielleicht auch berechtigt fühlt, die Konversation völlig enthemmt, aber einseitig fortzusetzen. Er schwatzt wie ein Orakel und wirft mit Zitaten um sich, die an mir herunterrinnen, wie vorhin die Ekelbrühe von meinem Löffel. Letzteren habe ich noch immer in der Hand und rühre im Teller herum, halb verträumt, halb im Gedanken versunken, fast schon abwesend. Grotowski, Stanislawski, Majakowski und was weiß ich, wie viele weiteren -awskis und -owskis, Kraut und Rüben… und plötzlich finde ich, weil der Teufel schneller ist, als man denkt, ein Krautstückchen in der Brühe. Wenn das kein konkret gewordener Gedanke meines Unterbewusstseins war! Große Worte gehen mir bei einem Ohr hinein und kommen sinnentleert beim anderen wieder heraus: Charaktertheorie, Konzentration, die Rolle ablegen, Introspektion, Interpretation, Diktion, Stimmsitz und Körperhaltung, Struktur der Figur, Improvisation, sich die

Maske aufsetzen, die vierte Wand niederreißen (das zumindest ist mir ein Begriff, Mirtilla hat mir die Bedeutung damals erklärt), Katharsis hervorrufen. Mir dreht sich alles im Kopf und vor mir dreht sich die Suppe im Teller und bildet einen höllischen Sog, der mich tief und immer tiefer nach unten zieht.
Ein seltsam lähmendes Gefühl durchdringt meine Glieder. Alles, was ich höre, klingt gedämpft, aus der Ferne kommend, dann plötzlich ohrenbetäubend laut. Die Realität zerbröckelt in unzählige Stücke, die wie Splitter eines zerbrochenen Spiegels herumliegen. Der Esstisch erstreckt sich vor mir wie ein endloser Korridor, an dessen Ende sich das Tor zur Hölle öffnet und schließt. Es ist der Mund des großen Kritikers und ich sehe mich zwischen seinen Zähnen, die meine Marionette zermalmen und dabei schnaubend Rauchwolken und einen ekelhaften Schwefelgeruch verbreiten und ich schreie und schreie… aber bin wirklich ich derjenige, der schreit oder ist es wer anderer in mir, der vor Schmerz aufschreit, weil es unerträglich weh tut, dass seine Knochen zermalmt und weit weg, in einen Garten gespuckt werden?
Ich erwache aus dem Alptraum vor der Haustür der Villa, die ich gerade verlassen will. Flip umkreist mich bellend und knurrend wie ein richtiger Wachhund. Für mich sieht er wie ein Molosser aus, auch wenn ich weiß, dass er eigentlich nur ein winziger Flohköter ist, ein kläffender Zwergpudel, der sich aufbläst und dabei kaum größer ist als ein Hamster. Ich habe eine Gedächtnislücke, meine Gedanken sind durcheinander und ich weiß nicht mehr, was passiert ist oder wie lange ich schon da

bin. Ich weiß nur, dass ich genauso weggehe, wie ich hergekommen bin: mit leeren Händen. Ich habe keinerlei Gewissheit, ob die Rezension meiner Interpretation gut ausfällt. Mit Bauchschmerzen werde ich darauf warten, was in der Theaterkritik über mich steht. Im Übrigen fühle ich bereits jetzt meine Bauchschmerzen, auf mein Gedärm drückt der ekelhafte Brei, den ich mir mehr oder weniger gezwungenermaßen einverleiben musste, da mich eine unwiderstehliche, geheimnisvolle Kraft dazu trieb. Der berühmte kleine Furz des vollgefressenen Schauspielers, über den mich der große Kritiker unterrichtet hatte, bahnt sich nun seinen Weg durch mich hindurch und entfährt mir plötzlich wie ein Paukenschlag, der von einem Trommelwirbel eingeleitet wird. Es bleibt mir nichts anderes übrig, als so schnell wie möglich die Hose herunterzulassen und mich des nutzlosen Ballasts zu entledigen, da ich ihn seit dem Mittagessen ausbrüte. Ein Rosenbusch mit zarten Blüten ist mir willkommener Sichtschutz. Sogar Flip hört auf zu bellen, weil er das Produkt der menschlichen Spezies respektiert, zu dem wir alle fähig sind, die Scheiße, dieselbe Scheiße, die wir im übertragenen Sinne im Theater immer wieder als Glücksbringer und Gnadenzustand beschwören. Sollte sich der Aberglaube bezüglich menschlicher Exkremente jemals bestätigen, müsste ich sehr viel Glück haben, denn ich hinterlasse einen Berg. Masse und Konsistenz entsprechen der widerwärtigen Suppe, die mir beim Mittagessen aufgetischt wurde. Ich kann wohl behaupten, zur biologischen Düngung des Gartens beigetragen zu haben.

Endlich befreit von der inneren Last, die nun vor der Villa des Großen Kritikers liegt, stolpere ich zum rostigen Tor, das hinter mir mit einem höllenartigen, metallisch klingenden Donnerschlag ins Schloss fällt, das Umfriedungsgitter erschüttert und klingend nachvibrieren lässt.

7.

«Du hast dich vom Großen Kritiker zum Essen einladen lassen? Bist du nicht ganz bei Trost? Bist du irre oder tust du nur so?», ruft mir der Hagere Histrione entgegen, als ich eintreffe und gibt mir das Gefühl, dass er bereits alles weiß, noch bevor ich etwas erzählen kann. «Nun gut, er hat dich eingeladen, aber das ist keine Ausrede. Du hättest ablehnen müssen, dir eine Entschuldigung einfallen lassen, was weiß ich? Du hättest sagen können, dass du eine wichtige Verabredung hast, hättest dich empfehlen und dein Anliegen vorbringen müssen, kurzum, du hättest für dich selbst plädieren und gleich wieder gehen müssen. Aber so hast du deine Berufsehre in Frage gestellt. Kein Schauspieler lässt sich von einem großen Kritiker einladen und frisst ihm aus der Hand. Ein Schauspieler, der eine Essenseinladung von einem großen Kritiker annimmt, handelt nicht professionell, sondern wie ein Dilettant und verhält sich wie ein Hund, der den erstbesten Knochen annimmt.»
«Was wusste ich schon davon?»
«Vor dem Gesetz ist Ignoranz keine Entschuldigung. Dasselbe gilt für die ungeschriebenen Gesetze für diejenigen, die in unserem Metier arbeiten.»
«Und welches Metier wäre das?» Diese Behauptung erinnert mich an die Worte des Theateragenten, der meine Stimme unter Vertrag nehmen will.
«Das Metier wäre nicht, es ist das *Show Business*!»

«Mir scheint, dass ich das bereits irgendwo gehört habe. Richtig, heute bin ich jemanden begegnet…»
«Ich weiß schon, es war jemand, der dich um den Finger gewickelt hat, da er wusste, dass du gute Kritiken bekommen wolltest. Den kenne ich, dieser Typ ist ein drittklassiger Schauspieler, der dir deinen Erfolg neidet, er wollte dich aufhalten, um dir etwas einzureden, damit es dir zu Kopf steigt, er wollte dich umgarnen und panieren, wie man es mit einem Backhuhn macht, nicht wahr?»
«Auch er sagte immer: *nicht wahr*. Nicht wahr dies und nicht wahr das und auch der große Kritiker sagte das dauernd.»
«Wundert es dich, dass Personen aus demselben Umfeld dieselbe Sprache sprechen, indem sie gleiche oder ähnliche Ausdrücke verwenden?»
«Etwas ist mir an der ganzen Sache nicht geheuer.»
«Du bist derjenige, der nicht geheuer ist. Du riskierst den Ausschluss aus der Truppe. Ehrlich und ganz objektiv gesagt, kann ich dich nicht wie ein Gewicht hinterherziehen. Die Lage wird mich zwingen, auf deine Leistung zu verzichten, wenn du mir keinen Nutzen mehr bringst oder wenn du dich in Bezug auf den Vorstellungserfolg kontraproduktiv verhältst. Wehe, wenn der große Kritiker einen Verriss veröffentlicht, ich müsste dich ausscheiden, wie man es…»
«… mit der Scheiße macht, meinten Sie das?» Meine Aussage weckt in ihm einen quälenden Verdacht.
«Du willst mir doch nicht sagen, dass du dir erlaubt hast…?
«Ja, das habe ich mir herausgenommen, und wie!», wage ich stur zu entgegnen.

«Und wohin? Auf den Sessel? Auf den Teppich?»
Zunächst sieht er besorgt drein, dann aber lacht er
schallend, aber etwas zu laut, was seine Unsicherheit
verrät: «Ach, du nimmst mich auf den Arm!»
«In den Garten habe ich gemacht, hinter einem
Busch, denn es überkam mich plötzlich wie ein
Vulkanausbruch. Jetzt wissen Sie es!»
«Hinter einem blühenden Rosenbusch im Garten
des großen Kritikers?»
«Ja genau, warum wissen Sie das?»
Der Hagere Histrione reißt die Augen auf und sieht
mich drohend an, dann verändert er den Gesichtsausdruck und schneidet Grimassen, weil er sich
zwischen Lachen und Weinen nicht entscheiden
kann, was schließlich in einen Wutanfall mündet.
«So eine fiese Sauerei! Du hast seinen heißgeliebten
Heckenrosenbusch beschmutzt!»
«Woher wollen Sie wissen, dass er seinen Wildrosen-
busch so liebt?»
«Das weiß ich, denn wenn er uns die Ehre erweist
auf Besuch zu kommen, um eine Rezension über
uns zu schreiben, steckt er sich immer eine Hecken-
rose ins Knopfloch und die Rose ist immer von
dem Busch, hinter den du verdammter Idiot deinen
Dreck abgeladen hast wie ein Wilder, der seine
Bedürfnisse nicht beherrscht.»
«Schon gut, aber auf dem Dreckshaufen steht doch
nicht mein Name, er könnte von Flip sein.»
«Wer ist schon wieder dieser Flip? Sein Hund?
Dieser Zwergpudel, den ein Mäuschen zur Welt
gebracht haben könnte? Glaubst du denn wirklich,
dass ein so kleines Tier den Darminhalt eines Men-

schen ausscheiden kann, der einen ungenießbaren Papp verschlungen hat?

«Warum wissen Sie, dass er ungenießbar war, haben Sie ihn vorher gekostet?»

«Wenn du das gegessen hast und wenn er dir das Zeug gönnerisch angeboten hat, bedeutet das nur, dass es schlichtweg ungenießbar war, ansonsten hätte er dich nicht eingeladen. Er wollte einfach nur das Zeug loswerden, einen Weg finden es zu entsorgen, nicht wahr?»

«Und er ist das Zeug zweifelsohne losgeworden!»

«Oh my god, was jetzt?»

«Nichts. Kommt Zeit, kommt Rat. Hoffen wir, dass ihm nichts auffällt, dass der Zersetzungsvorgang durch ein mikrobiologisches Wunder beschleunigt wird, oder dass Fliegen, Mücken und Ameisen vermehrt dazu beitragen.»

«Weit sind wir gekommen! Jetzt vertrauen wir schon auf Mücken und Ameisen!» Verzweifelt hält er sich den Kopf mit beiden Händen. «Das wird Folgen haben, du wirst schon sehen, was morgen im Bühnenkurier für ein Verriss zu lesen ist! Mein lieber Freund! Wenn der sich für den Dreck rächt, ist deine Karriere versaut!»

«Welche Karriere?», protestiere ich. «Ich wollte nie ein Schauspieler sein und auch kein Theaterautor! Ihr habt mir das eingeredet, ihr habt mich dazu gezwungen!»

«Wir beide? Ich habe nichts damit zu tun, ich habe nichts gemacht, gar nichts!», wimmert Mirtilla.

«Ja, ihr beide. Das *seltsame Paar*! Du mit deinem Vorbau, der einen bromgesättigten Eunuchen aufreizen würde und dein würdiger Komparse, der

Hagere Histrione, mit seinem verfluchten *nicht wahr*, ihr beide habt mich zum Deppen gemacht, mir reicht's!»

Die beiden stehen regungslos da, wie versteinert, würde jemand schreiben, der es besser kann als ich. Im Übrigen jedoch achte ich nicht so sehr auf meine Worte, als darauf, meinen Beschluss zu guter Letzt triumphierend kundzutun.

«Und wisst ihr, was? Es ist mir egal! Ich lege mich jetzt schlafen!»

Ich drehe mich ruckartig um und sperre mich in mein Kämmerchen, wo ich auf mein Lager sinke und wie von einem seltsamen Schlaftrunk benebelt sofort einschlafe.

Doch die Nacht hält eine willkommene Überraschung bereit. Mirtilla schleicht sich leise wie ein wärmesuchendes Kätzchen herein und schmiegt und drückt sich an mich, stupst mich und reibt sich an mir. Endlich geschieht, was schon immer hätte geschehen können, kurz, es kommt, wie es kommen musste.

Ich gehe nicht ins Detail, weil ich erstens ein Gentleman bin und zweitens, weil ich mich nach dem Erwachen an nichts mehr erinnere. Außerdem, tut es nichts zur Sache, ob ich von einer virtuellen Wirklichkeit geträumt oder fantasmorgasmassiert habe (was ist mir da für ein Unwort eingefallen!), wenn diese Wirklichkeit wahrer oder genauer gesagt, wahrscheinlicher ist als ein Traumkonstrukt?

Gewiss, der Alptraum, einen Verriss im Bühnenkurier vorzufinden, macht mir unbewusst Angst, dadurch kann ich den magischen Augenblick der körperlichen Verschmelzung mit Mirtilla nicht so recht genießen. War es Fiktion, ein Traum, Realität oder eine erotische Fantasievorstellung? Es war von allem ein wenig, es reicht, ich begnüge mich mit dem Herkömmlichen.

Eine himmlische Nacht bedingt oft böses Erwachen. Das Plätzchen neben mir, wo sich Mirtilla an mich geschmiegt hat, ist jetzt kalt und leer wie ein altes Römergrab. Ich reiße die Augen auf, denn der lebende Kadaver, der Hagere Histrione, klopft mir auf die Schulter und bläst mir seinen übelriechenden Atem ins Gesicht. Er stinkt nach Knoblauch, Zwiebel und noch etwas Anderem das ich nicht identifizieren kann, vielleicht nach verdorbenem Käse. Auf diese Weise plötzlich aus dem Schlaf gerissen zu werden, ist wie vom Teufel persönlich zum Grillen eingeladen zu werden. Der lebende Kadaver schlägt mit einem aufgerollten Exemplar des Bühnenkuriers auf meinen Kopf, wie ein aufgebrachter Polizist mit Schlagstock auf einer Studentenveranstaltung.

«Die Rezension wurde veröffentlich, Donnerwetter!» Er rüttelt mich noch immer wie einen Sack Kartoffeln. Sein morbider Tonfall lässt mich nichts Gutes erahnen. «Schon gut», seufze ich teilnahmlos, gähne und strecke die Arme. Letztendlich war es zu erwarten, außerdem dürfen mir negative Kritiken nichts anhaben, schließlich kann ich nicht allen gefallen und vor allem nicht dem großen Kritiker, der über das Theater mehr weiß als der Teufel.

«Ist sie sehr schlecht?» frage ich und gebe mich desinteressiert.

Da haben wir's, sage ich mir, jetzt wird er sagen: *durch und durch negativ, äußerst schlecht* oder gar *desaströs,* gefolgt von einem *wir sind ruiniert!*

Aber *mutatis mutandis,* (unter Vorbehalt, dass es der Situation angepasst ist) bricht der Hagere Histrione in ein groteskes, heftiges, höhlenmenschenartigprimitives, geheimnisvolles Lachen aus, das sich in meinen Ohren wie eine Explosion anfühlt. Es ist eigentlich unbeschreiblich, es ist lediglich mit dem Gelächter des Polyphem zu vergleichen, als er Odysseus' Matrosen vertilgte.

«Reingefallen Dummkopf, sie ist wunderbar, hör dir das an!» Und nachdem er sich wie ein Sänger kräftig geräuspert hat, beginnt er zu lesen:

Die Vorstellung ist eine visionäre Vereinnahmung, ein authentischer Angriff auf den Menschen und das strukturelle Erbe seiner Geschichte, die widerliche Erscheinung eines Satyrs mit Ziegenbeinen und Holzschuhen, völlig widersinnig. Der Autor und Hauptdarsteller XY vertritt die Meinung, dass die Komödie kein Spiegelbild der sozialen Verhältnisse ist, sondern eine unanständige, ekstatische und amoralische Manifestation. Letztere erschüttert die vom Menschen entworfene Ordnung der Dinge und stellt einen Kurzschluss dar zwischen dem wunderbaren Chaos, der Natur, und dem Gefühl, das die Menschheit willkürlich darauf projiziert. Der archetypische Faun bewegt sich daher auf raffiniertem, surrealem Terrain und besingt den Weltuntergang.

Da der Hagere Histrione selbst überrascht ist, und wie!, schaut er mich mit großen Augen an und seufzt: «Verstehst du?»

«Ehrlich gesagt nicht wirklich. Außerdem sagt mir die Geschichte mit dem Weltuntergang ganz und gar nicht zu.»

«Jetzt wird dir das Ganze gleich klarer werden, hör zu:
XY, der Schöpfer der tragisch-komischen, jedoch dämonischen Figur des «Beschissenen»…
Nun, hier hast du es zu weit getrieben, angesichts dessen, dass du hinter seinen Rosenbusch geschissen hast, aber lass mich weiterlesen:
… bezeichnet sich zu Recht als der größte sterbende Komiker, was zwar ein Oxymoron, ein Widerspruch in sich selbst ist, aber der Wirklichkeit nahekommt, zieht man in Betracht, dass nur aus dem sterbenden Komiker ein Komiker geboren werden kann, der imstande ist, den Tod selbst auszutreiben und somit über das eigene Ende zu lachen. Nicht umsonst wurde die Figur der Pulcinella, die auf die etruskische Antike und die Atellane zurückgeht, wie das Küken aus dem Ei geboren, dem Symbol der Wiedergeburt und der Fruchtbarkeit.
(Mirtilla kommt verwundert und mit verstörtem Gesichtsausdruck herein. Sie trägt einen weißen Bademantel und ihre Haare sind noch voller Schaum, vermutlich ist sie Hals über Kopf aus der Duschkabine gelaufen, als sie hörte, dass der Hagere Histrione etwas mit klarer, lauter Stimme vorlas. Sie wiederholt die zuletzt gehörten Worte: …der Wiedergeburt und der Fruchtbarkeit.)
Es ist dies die wunderbare, geheimnisvolle Blutbande, das Theaterambiente, in das XY eintaucht und uns mitreißt. Hier verwandelt er das weiße Hemd von Pulcinella in moderne Unterwäsche, riesige weiße Unterhosen und weißes Trikot, beides ebenso auffällig wie Pulcinellas Hemd. Das kontrastierende Schwarz behält er bei, sein dichter, struppiger schwarzer Bart verdunkelt das Gesicht wie eine Maske aus Urzeiten.

(Und mit einer Geste des Erstaunens greift sich Mirtilla ans Kinn und ruft: ...aus Urzeiten!)

XY zeichnet damit den Weg der Menschheit durch die Tragödie des Sündenbocks nach, der zunächst in einem schweren Pelzmantel auftritt, wie in alten attischen Tragödien, wo ein Ziegenfell Dionysos täuschte und - mit der Rezitation seiner eigenen menschlichen Tragödie bezauberte. (Von daher auch das Wort Tragödie, aus «tragos», Ziege und «odia» Gesang.) Die Darstellung erfolgt durch einen Faun, als Inkarnation des Gottes, der sich die Klage anhört. Und es scheint, dass auch der Faungott darauf hereinfällt und jenem Menschen Beachtung schenkt, der versucht, die Fäden seines eigenen Schicksals zu durchschneiden.

(Das arme Mädchen gerät fast in Verzückung und wiederholt abermals das Ende, als wäre es eine Zauberformel: ...die Fäden des eigenen Schicksals zu durchschneiden!)

So wird der Lockvogel, den der Schauspieler als Phallussymbol und als Symbol überschäumender Vitalität herbeiruft, zur Anspielung auf bacchantische Orgien. Der Faungott beeilt sich, letztere ins Leben zu rufen, jedoch nicht ohne davor den Sündenbock auszupeitschen und zu opfern, der unbedeckt, in tragisch menschlicher Gestalt, und nicht mehr als Ziege auftritt. Er erträgt nun mit überwältigender Hartnäckigkeit und Leidensbereitschaft alle von Gott gesandten Schicksalsschläge.

(Das beunruhigt Mirtilla und mit besorgter Miene überliest sie noch einmal die letzten Worte: ...alle von Gott gesandten Schicksalsschläge.)

Das Stück von XY ist ein wahres Stück Theatergeschichte, die in ihrer reinsten, urtümlichsten Essenz wiederauflebt. Das Stück versetzt uns Jahrtausende zurück, aber wohlgemerkt nur, um auszuholen und mit den Siebenmeilenstiefeln der Kunst einen bedeutenden Schritt nach vorne zu machen. Im Handumdrehen werden Dramaturgie und Drehbücher von der Bühne verbannt, Szenarien erübrigen sich, ebenso komplizierte Mechanismen und die törichten Feuerwerke bürgerlicher Komödien erlöschen. Auf der Bühne verbleibt lediglich die Blutbande des ghènos, die Schauspieler und Publikum durch die Katharsis in einer Osmose vereint, die das Opfer zum Henker für diejenigen macht, die seiner Verkehrung der Pläne und Emotionen lauschen. Nun ist der Sündenbock an der Reihe, uns Zuschauer zu peitschen, da wir den Altar erklimmen, auf dem wir selbst geopfert werden.

(Mirtillas Ehrfurcht äußert sich in einem Zittern, das ihren ganzen Körper erfasst. Vielleicht zittert sie vor Kälte, weil sie immer noch nass und barfuß dasteht, aber bestimmt beeindruckt sie auch das Gewicht dessen, was sie begreifen kann: ...uns Zuschauer zu peitschen, da wir den Altar erklimmen, auf dem wir selbst geopfert werden.)

Und plötzlich verschwindet auch das Konzept des «Experimentaltheaters», wenn überhaupt noch etwas da ist, was mit diesem vergleichbar wäre. Neuauslegungen von Pirandello, Überarbeitungen von Shakespeare, Perlini und Carmelo Bene, Remondi-Caporossi, Quartullo und last but not least Leo de Baerardinis: sie alle und all das kann man vergessen! Bei XY geht das Theater auf Lukrez zurück, bei dem es nichts und trotzdem alles gibt. Am Ausgangspunkt, der sich als Endziel versteht, gibt es nichts anders als sinnentleerte Leere.

(Das Mädchen sieht mich verwirrt an: ...sinnentleerte Leere.)

Hier also scheint XY in Figuren verkörpert zu sein, die aus dem Wahnsinn und dem barbarischen Blut eines McBeth oder eines Heinrich IV. geboren sind, weil die Offenbarung nur durch den extremsten Wahnsinn dramaturgisch zu bedienen ist. Das Aufkommen nervöser Ticks oder verzweifelte Anrufe beim psychosozialen Dienst sind extreme Leidenssymptome eines Lebens, das uns zwingt, Masken aufzusetzen, Persönlichkeitsmerkmale und Identitäten anzunehmen, die nicht Teil von uns sind. So macht XY seinen Sündenbock zum gesellschaftlichen Opfer das sich vor sich selbst versteckt und für andere über sich hinausgeht, während der Faun mit den Hufen stampft und uns damit vor Augen hält, dass das Leben auf den Schmerz und das Nichts hinausläuft: man möge sich als Mensch keine Illusionen machen! Es ist also besser, die Fäden des Schicksals zu manipulieren, die Karten zu zinken, vorzugeben, verrückt zu sein… oder am Ende tatsächlich so verrückt zu sein, über das eigene Leid, seine Not und sein Elend genussvoll zu lachen.

(Plötzlich huscht ein strahlendes Lächeln über Mirtillas Gesicht: …über das eigene Leid seine Not und sein Elend genussvoll zu lachen.)

Diese Vorstellung darf man sich nicht entgehen lassen. Man sollte sie genauer unter die Lupe nehmen, beispielsweise im Lichte einiger Texte wie «Die Geburt der Tragödie und des Tragischen: von der Vorgeschichte bis zu Äschylos» von Mario Untersteiner.

Mirtilla fühlt sich nun endlich aller Sorgen enthoben und erahnt, nachdem sie anfangs schlimme Befürchtungen gehabt, dann aber für mich gehofft hatte, dass es sich um meinen Triumph, meinen Aufstieg, ja, den Höhepunkt meiner Karriere handelt. Sie kann nicht mehr an sich halten, wirft sich auf mich und nun küsst dieses gute, schöne Mädchen meine Stirn, meine Wangen, meinen Mund. Der Gürtel des weißen Bademantels löst sich und ihr feuchter

Körper, der noch nach Badeschaum duftet, betört mich nicht weniger als die Rezension des großen Kritikers. Währenddessen murmelt der Hagere Histrione etwas von: sehr gut, wunderbar, das sitzt, bis hin zu einem mühsam hervorgebrachten: Bravo, sehr gut gemacht! Mir dreht sich alles im Kopf, zudem drückt mir Mirtilla unbefangen ihren Busen wie zwei köstliche Äpfel unter die Nase.

«Ein Riesenerfolg! Alles andere als ein Verriss! Das ist eine Kritik, die deine Berufslaufbahn und deinen persönlichen Erfolgshorizont als Autor und Performer vom Amateur- und Dilettantenstatus auf die höchste, erhabenste Ebene, ja auf die Spitze der Schauspielkunst versetzt, nicht wahr?»

Mirtilla versäumt es nicht, Öl ins Feuer zu gießen.

«Heute Abend werden viele Leute kommen, wir werden volles Haus haben, die Zuschauer werden vor dem Theater Schlange stehen. Ich höre bereits das Telefon an der Abendkasse klingeln, sie werden Eintrittskarten bestellen.»

«Schade, dass das Theater für solch einzigartige Anlässe zu klein ist», klagt der Hagere Histrione. «Wir bräuchten hier mindestens tausend Sitzplätze. Wir haben nicht viele, aber die müssen reichen. Und nun ruh dich aus, heute Abend wird es nicht leicht werden, dem Publikum Genüge zu tun, du wirst dich ins Zeug legen müssen.»

«Ich werde mir Mühe geben.»

«Das ist nicht genug, du musst das Allerbeste, das Exzellenteste geben, hier braucht es den Superlativ!»

Das Telefon an der Abendkasse klingelt den ganzen Nachmittag unablässig. Ich könnte meinen Kopf unter das Kopfkissen legen, um es nicht zu hören,

mich ausruhen und auf das Debüt warten, aber
etwas, nennen wir es Stolz oder Eitelkeit, lässt mich
wach bleiben, denn schließlich kommen alle wegen
mir, weil sie mich unbedingt hören und sehen
wollen. Und das ist mir nicht gleichgültig, ich fühle
mich vielmehr geehrt und anerkannt. Aber das
sanfte Telefongeklingel wird mir zum Wiegenlied,
zur lieblichen Melodie des Ruhmesliedes, das die
Muse anstimmt. Ich träume, lorbeerbekränzt im
Triumph getragen, bewundert, geliebt, gelobt, be-
neidet, umworben zu werden…
«Wer ist der Nächste? Ihr Auftritt, bitte!» Mit dieser
Aufforderung reißt mich der Hagere Histrione aus
dem Schlaf und ich muss meine Stellung einnehmen,
bevor sich der Vorhang öffnet.
«Aber ich muss mich noch schminken!», versuche
ich, mich aufzulehnen, da ich so plötzlich gedrängt
werde, auf die Bühne zu gehen.
«Was sollen Schminke und Täuschung! Das brau-
chst du alles nicht, du kommst auch so unbedarft
wie du bist gut an!»
Ich schaffe es nicht mehr rechtzeitig, mein Hemd in
die Hose zu stopfen und schon stehe ich mit offenem Hosenladen und ungebundenen Schuhen vor
dem Publikum. Das hat die ersten Lacher zur Folge,
das war abzusehen, dabei habe ich mich nicht eigens
so hingestellt. Dann wird es still im Theatersaal. Ein
Scheinwerfer wirft sein grelles Licht auf mich und
folgt mir wie mein eigener Schatten. Vielleicht sollte
ich etwas sagen, aber ich kann mich nicht mehr an
den Text erinnern. Ich stolpere und falle der Länge
nach hin. Das Publikum lacht schon wieder. Während ich aufstehe, werfe ich einen flüchtigen Blick

ins Parkett und entdecke in der ersten Reihe ein bekanntes Gesicht. Aber ja, freilich, er ist es, der Theateragent, der mir die Hand gereicht hat, damit ich einschlage, er wollte mir eine Zusage abringen, damit er meine Stimme unter Vertrag nehmen kann. Er lächelt mich an wie ein hungriger Hai. Ja, ich sollte wirklich etwas sagen, aber was? Ich erinnere mich nicht an das Drehbuch und eigentlich weiß ich nicht einmal, ob ich jemals ein Drehbuch hatte. Wahrscheinlich nicht. Mir bleibt nichts anderes mehr übrig als zu improvisieren. Ich öffne den Mund, setze an, ich versuche es, gebe mir Mühe, aber es kommt nichts anderes als ein Zischen heraus. Es hört sich an als strömte die Luft aus meinen Lungen wie die Luft aus einem beschädigten Ball. Nicht genug damit, dass ich keine Worte mehr habe, ich kann nicht einmal mehr Geräusche machen. So ein Unglück! Ich befürchte, dass das Publikum zu pfeifen beginnt, was soll ich machen, das wird mir zur totalen Katastrophe gereichen!
Mit Erstaunen stelle ich fest, dass duzende, hunderte, oder warum nicht, tausende Augenpaare auf mich geheftet sind. Sie hängen an meinen Lippen und warten auf etwas Bedeutendes, auf einen Ton, ein Lebenszeichen, was aber alles nicht aus mir herauswill. Ich führe die Hände an meinen Hals, aber nicht, um mich zu würgen, nein ganz und gar nicht, meine Damen und Herren, ich versuche, etwas herauszudrücken, aber es passiert nichts. Ich werde dunkelviolett im Gesicht und spüre, wie mir das Blut in den Kopf steigt, ich glaube, ersticken zu müssen, bekomme keine Luft mehr, keuche und auf der Bühne liegend, schnappe ich nach Luft. Da

geschieht das Wunder: aus dem Parkett schallt mir zunächst zaghaft und vereinzelt Applaus entgegen. Aus dem Augenwinkel erkenne ich den Theateragenten in der ersten Reihe, der damit begonnen hat. Zu meiner großen Überraschung, steigt das Publikum darauf ein und imitiert die Claque, anstatt mich auszupfeifen und zum Teufel zu jagen. Der Applaus steigert sich außerordentlich und endet mit stehenden Ovationen, die ich mir offen gestanden gar nicht verdient habe. Ich bleibe flach liegen wie ein Toter, das Publikum triumphiert! Der Vorhang geht zu, ich bin endlich befreit.

«Sehr gut gemacht!» gratuliert mir der Hagere Histrione, der zu mir in die Umkleide gekommen ist.

«Aber ich habe doch nichts gemacht, gar nichts, ich habe nicht einmal Luft bekommen!», widerspreche ich.

«Es ist auch eine Kunst, nicht wahr, die klassische Sperre, den Hänger, eines Schauspielers, der sich an nichts erinnert, in eine einprägsame Rolle zu verwandeln. Du hast den Unbedarften, der seine Rolle vergisst, hautnah, realistisch und beeindruckend dargestellt.

«Mag sein», seufze ich und blicke in den Spiegel, ohne mich zu erkennen. Wer ist dieser Mensch, der mir entgegenblickt? Er grinst wie ein hungriger Hai vor dem Fressen. Bin ich es oder bin es ich nicht? Und wenn ich es nicht bin, wer bin ich dann? Der große Kritiker? Der Hagere Histrione oder der Theateragent? Sie alle gehen mir mit ihrem ständigen *nicht wahr?* gehörig auf die Nerven!

Es gelingt mir nicht, ein halbwegs vernünftiges Bild aus diesem Durcheinander herauszufiltern, denn

Mirtilla platzt in die Umkleide und schließt die Tür sorgfältig hinter sich. Vom Gang her wird ein Stimmengewirr vernehmbar.

«Das Publikum verlangt nach dir, man will dich sehen, dich beglückwünschen, dir die Hand schütteln, ein Autogramm holen… es sind auch ein paar VIPs dabei, lass sie nicht warten, beeil dich!»

«Sie sind verrückt, wir sind alle verrückt!», rufe ich, während ich mich meinen erst jüngst eroberten Fans stelle.

«Mach weiter!» treibt mich der Hagere Histrione an, «morgen reden wir dann über deine Zukunft.»

Donnerwetter, so viele Leute! Die Zuschauer stehen auf dem Gang vor der Garderobe Schlange und warten auf mich. Ich beobachte sie durch den Türspalt. Sie verhalten sich, als ob sie noch nie einen Schauspieler gesehen hätten. Ich rede mir Mut zu und komme heraus wie ein Küken, das aus dem Nest gefallen ist. Ein unverhältnismäßig kräftiger Applaus empfängt mich. Die Leute beginnen, mich zu umarmen und zu beglückwünschen oder mir anerkennend auf die Schulter zu klopfen. Ich bekomme auch Küsschen, der Lippenstift verschmiert meine Wangen. So mancher drückt mir die Hand. Das beschämt mich ehrlich gestanden ein wenig, denn schließlich habe ich nichts anderes getan, als die Rolle von jemanden zu spielen, der nicht spielen kann. Offensichtlich habe ich das so gut gemacht, dass ich absolut überzeugend war. Ich gebe Autogramme am laufenden Band, lasse mich lächelnd auf Selfies verewigen, dabei kenne ich die Menschen gar nicht, sie könnten sich eines Tages rühmen, mit mir befreundet zu sein. Aber das ist der Preis des

Erfolgs, die Kehrseite der Popularität, die Rechnung, die jeder bezahlen muss, wenn er en vogue sein will. Es hat keinen Sinn, gegen den Strom zu schwimmen, der einen ganz nach oben bringt, sage ich mir, koste es, was immer es wolle. Die Schlange des begeisterten Publikums, das mir vor der Umkleide die Ehre erweist, schiebt sich träge dahin. Die vielen Gesichter, für meinen Geschmack sind es viel zu viele, lassen mich an Szenen aus Spielfilmen denken und sind zu zahlreich, als dass ich mir alle merken könnte. Lediglich den letzten Besucher erkenne ich wieder, ich hatte ihn erst vor kurzem kennengelernt. Er saß heute in der ersten Reihe und grinste mir entgegen wie ein hungriger Hai, der einen fetten Fisch vorbeischwimmen sieht. Es ist der Theateragent, dem ich ein vages Versprechen für eine eventuelle Verpflichtung bzw. einen Vertragsabschluss bezüglich meiner Stimme gegeben hatte, von der er behauptete, dass sie einzigartig sei.

«Ein Autogramm, bitte», sagt er kurz und bündig und reicht mir Stift und Papier. Die Bitte überrascht mich nicht übermäßig, ich bin sogar überzeugt, dass seine Bewunderung für mich keine Grenzen kennt.

«Aber gern!», gebe ich bereitwillig zurück und nehme seinen Stift.

Ich setze mein Autogramm auf das makellos weiße Blatt Papier. Es ist so weiß wie eine unberührte Schneedecke, kein Zeichen, kein Fleck, kein Schatten ist auf dem Papier zu sehen, aber während ich ihm den Stift zurückgebe, fällt mir das teuflische Funkeln in seinen Augen auf.

«Danke!», sagt er betont unterwürfig, aber es schwingt ein subtil irritierender, ironischer Unterton mit.

«Keine Ursache» flüstere ich bedrückt, weil ich das Gefühl habe, dass etwas nicht in Ordnung ist. Ist vielleicht etwas faul im Staate Dänemark, frage ich mich wie Hamlet. Ich verstehe sehr bald, worum es geht und werfe nochmals einen Blick auf das Papier, von dem ich hoch und heilig schwören könnte, dass es noch soeben völlig weiß war. Zunächst sehe ich den Text nur durchscheinend, aber dann erkenne ich immer deutlicher eine Vertragsform voller intriganter Bedingungen und schikanöser Klauseln und darunter steht: Abtretung aller Rechte.

«He, was soll das?» schreie ich erbost, als ich den billigen Trick durchschaue, den mir der betrügerische und etwas ungeschickte Zauberkünstler untergejubelt hat, es stinkt förmlich alles nach Betrug. Ich versuche, ihm das Papier zu entreißen, aber ich bleibe um mich schlagend wie ein Fisch auf dem Trockenen zurück, weil von meinem Gesprächspartner weit und breit keine Spur mehr ist.

Ich versuche, haltet den Dieb, haltet den Dieb! zu schreien, aber aus meinem Mund kommen auch diesmal nur seltsame, unverständliche Laute. Meine Fans verstehen meine Krämpfe falsch und interpretieren meine Stimmverrenkungen, die scheinbar von jemandem kommen, der nicht ich bin, als unverhoffte Zugabe. Anstatt dem Mistkerl nachzujagen und ihn aufzuspüren, der sich legal, wenn auch auf betrügerische Weise, meiner Stimme bemächtigt hat, um sie geschäftlich zu verwerten, ergehen sich meine Fans in Lachsalven wie Kinder angesichts eines abgerichteten Zirkusbären.

Nachdem sich der erste Zuschaueransturm mit Begrüßungen und Umarmungen gelegt hat, erscheint der Hagere Histrione, der im Gegenlicht derart schmächtig und gebrechlich aussieht, dass das kalte Rampenlicht beinah durch ihn hindurchscheint. Er muss mitbekommen haben, dass mir der Theateragent unter dem Vorwand eines Autogrammwunsches, ein Blatt unter die Nase gehalten hatte und dass ich unvorsichtigerweise unterschrieben habe.

«Du weißt nicht, was du tust», tadelt mich der Hagere Histrione, «du bist tatsächlich unfassbar unbedarft, unbedarfter als in dem Stück, in dem du auftrittst! Unterbelichteter Idiot, Schelm!, mehr kann ich dazu nicht sagen.»

«Vielleicht sollten wir uns nicht jetzt schon den Kopf über etwas zerbrechen, das noch gar nicht Thema ist», versuche ich ihn zu beschwichtigen.

«Warum nicht? Glaubst du denn wirklich, dass ein Theateragent seine Zeit verschwendet, um ein Autogramm von dir zu holen?... Wenn er so etwas macht, bedeutet das immer, dass ein Trick dahintersteckt, mein Lieber!»

«Was für ein Trick?», wimmere ich erschrocken.

«Woher soll ich wissen, was im Kopf eines Theateragenten vorgeht? Welche Pläne heckt ein krankes Hirn aus, das nur darauf erpicht ist, seine Mitmenschen zu bescheißen? Schließlich habe ich keinen Glasball oder wie das Zeug heißt, ich meine eine Kristallkugel, nicht wahr?»

«Es wird doch einen legalen Ausweg geben, eine Gesetzeslücke, einen Rechtsbehelf, auf den man zurückgreifen kann, an den man sich klammern kann. Schließlich wurde mir die Unterschrift unter einem falschen Vorwand abgerungen. Diese Tinte, die erst sichtbar wird, sobald alles schon geschehen ist… eine echte Gemeinheit!»

Er wirft mir einen wütenden Blick zu: «Sei still, lass mich nachdenken.»

Nachdenklich geht er auf und ab und greift sich ans Kinn. Unvermittelt hält er inne als hätte er eine fulminante Idee: «Zu allererst musst du deine Ersparnisse absichern, hast du welche?»

«Meine Ersparnisse? Sicherlich, ich habe mir ein bisschen was zur Seite gelegt…»

«Und auch deinen Besitz, hast du etwas?»

«Nicht viel, aber…»

«Fürchtest du dich? An deiner Stelle würde ich mich fürchten. Also tu, was ich sage!»

«Wovor sollte ich mich fürchten?»

«Er könnte dich wegen Vertragsverletzung oder Nichteinhaltung des Vertrages verklagen, wenn du keine Gewinne einfährst, denn das steht sicher im Vertrag, den du unterschrieben hast.»

«Ehrlich gesagt verstehe ich nicht viel von diesen Dingen.»

«Na wunderbar! Aber das Gesetz macht vor Unwissenheit und Unbedarftheit nicht Halt. Dura Lex sed Lex. Naiv zu sein ist keine gute Ausrede, nicht wahr, besonders nicht vor Gericht.»

Und er rollt das Ganze von Neuem auf.

«Also, was machen wir?», unterbreche ich seinen Monolog.

«Hier ist ein Staranwalt vonnöten.»

«Wozu brauchen wir einen?»

«Das musst du ihn fragen.»

«Wen denn?»

«Den Scheinanwalt, verzeih, ich meinte den Staranwalt. Es gibt einen, der die rechtlichen und bürokratischen Belange unseres Unternehmens betreut. Der Zufall will es, dass er heute unsere Vorstellung besucht hat. Wenn du willst, stelle ich ihn dir vor, auch wenn das eigentlich nicht nötig ist, denn du hast ihm bereits ein Autogramm gegeben.»

«Auch ihm? Nun, bitten wir ihn herein, wenn er so freundlich ist, uns zu beraten.»

Als ob er unser Gespräch belauscht und meine Worte vernommen hätte, lugt ein höfliches kleines Männchen zur Tür herein. Er trägt elegante Kleidung, einen vielleicht etwas zu großen Nadelstreif, der ihn wie einen kleinen Al Capone aussehen lässt, ein Al Capönlein, sozusagen… immerhin ist mir noch zum Scherzen zumute. Er riecht nach einem Markendeo und wie eine Chrysantheme, die man mit einem Spritzer Haarlack auffrischt und für die x-te Begräbnisfeier wiederverwendet. Ein Borsalino auf seinem Haupt verbirgt eine Glatze, deren ganzes Ausmaß erst zum Vorschein kommt, als er den Hut abnimmt, den Regenmantel auszieht und an meiner Seite vor dem Schminkspiegel Platz nimmt, ohne dass ich ihn dazu aufgefordert hätte. Wir sitzen also am Schminktisch, der von sechs, also von einem halben Dutzend Glühbirnen - ich habe sie mehrmals gezählt und nachgezählt – erleuchtet wird. Eine davon flackert, weil sie einen Wackelkontakt hat.

Er starrt mit seinem messerscharf bohrenden, teuflischen Blick auf mein Spiegelbild, öffnet wortlos eine römische Tageszeitung, entnimmt einen Stoß Papiere und breitet sie vor mir aus.

«Unterschreiben Sie hier, hier und dann noch hier!» Sein Befehlston macht mich ungehalten.

Ich halte kurz inne, um zu prüfen, was da geschrieben steht. Die Sprache, die zur Anwendung kommt, ist mir unbekannt, selbst die Schriftzeichen kenne ich nicht, sie könnten durchaus Sanskrit oder Ostgotisch sein.

«Dürfte ich wenigstens wissen, worum es geht?», halte ich ihn hin.

«Vertrauen Sie mir nicht?» er mustert mich mit dem durchdringenden Blick seiner smaragdgrünen Augen, die sich nun verdüstern und schließlich blutrünstig wirken.

«Wie? Du traust ihm nicht?», bemüht sich der Hagere Histrione, die Sache hochzuspielen.

«Vertraust du uns nicht, Lieber?» fragt Mirtilla in verdrießlichem Tonfall, der mir das Gefühl gibt, wie eine Maus in der Falle zu sitzen.

«Wenn ich noch einmal unterschreiben muss, möchte ich zumindest wissen, um was es geht», versuche ich zu erklären.

«Sehr gut, gut gemacht, so muss man es machen, nur hätten Sie früher daran denken müssen», bemerkt der Anwalt vorwurfsvoll.

«Du hättest früher daran denken müssen», echot der Hagere Histrione.

Mirtilla ist zumindest so taktvoll, den Blick zu senken und zu schweigen.

«Ich erkläre Ihnen jetzt, wie es um Ihre Lage aus rechtlicher Sicht bestellt ist: mit Ihrem unbedachten Verhalten haben Sie den Weiterbestand des Theaters und die Existenz der Truppe, die ich rechtlich vertrete, ernsthaft gefährdet. Sie haben uns und noch viel mehr sich selbst in die Hand eines gemeinen Spekulanten gegeben, der davon mächtig profitiert, sich die *Performances* anderer anzueignen, nicht wahr?»

Oh nein, nicht auch er! Ich kann dieses *nicht wahr* einfach nicht mehr hören!

Und er fährt fort: «Was wird, Ihrer Meinung nach, dieser abgefeimte Gauner machen, sobald er merkt, dass Ihre Stimme überhaupt nichts wert ist, und dass Ihr Text aus leeren Worten besteht, was ja auch stimmt, und wenn er zudem feststellen muss, dass er um Verdienstmöglichkeiten kommt? Ich verrate es Ihnen: er wird sich gegen Sie verwenden, indem er Sie vor Gericht bringt und auf Schadenersatz klagt, nicht wahr?»

«Absolut wahr», bestätigt der Hagere Histrione, «ich würde das ebenso machen, nicht wahr?»

«Unterschreiben Sie also hier, dann hier und hier.»

«Unterschreib hier und hier, dann hier.»

«Hier, hier, hier.» piepst Mirtilla und drückt ihren üppigen Busen wie zwei Puffer gegen meinen Rücken, um zu erzwingen, dass ich mich über die Papiere beuge, während mir der Rechtsanwalt den Stift reicht und der Hagere Histrione beginnt, meinen Arm so heftig zu rütteln, dass sich meine Unterschrift durch die Schwerkraft wie von selbst auf das Papier kritzelt.

8.

Und ich unterschrieb. Ich unterschrieb und ich unterschrieb alles, was sie wollten: Anmerkungen und Spezifikationen, auch Dinge, die ich nicht verstand oder mit denen ich nicht einverstanden war, Dinge, die ich besser nicht unterschrieben hätte, einfach alles!

«Wir sind gerettet!», rief Mirtilla glücklich und drückte mir einen Kuss auf den Nacken.

«Das muss gefeiert werden», schlug der Hagere Histrione vor.

Der Vorschlag wurde von allen mit Begeisterung aufgenommen, was ich zumindest aus heutiger Sicht als verdächtig einstufen würde.

«Nun gut, während wir hier die Papiere ordnen, und das Theater schließen, kannst du schon voraus in die Bar von gegenüber gehen und für uns vier etwas bestellen, wir kommen gleich nach.»

«Na los, mach schon», piepste nun auch Mirtilla, «ich mach mich noch schick und fein für dich, für dich allein. Ich möchte ein großes Glas Prosecco, mit ganz vielen prickelnden Perlen vorfinden», dann flüsterte sie mir leise ins Ohr: «du darfst mir etwas davon in den Ausschnitt gießen und es wie ein Schwämmchen auflecken».

Gewiss, ich hätte mich fragen müssen, ob ein Schwämmchen lecken oder saugen kann, aber ich ließ mich ganz einfach verblenden.

«Du lädst uns doch alle ein, nicht wahr?»

«Nicht wahr?» fragten sie mich im Chor und schickten mich in die Bar, damit ich vorweg etwas bestelle.

Das machte ich auch, ohne den geringsten Verdacht zu schöpfen. Ich setzte mich an ein Tischchen, bestellte eine Flasche Prosecco, eisgekühlt bitte, mit vier Gläsern und ein paar Vorspeisen. Während sich die Wartezeit bereits in die Länge zog und Minute um Minute verstrich, fing ich an zu naschen: zwei Kartoffelchips dann drei, eine Olive, ein paar Minipizzas.

Auch wenn es abzusehen gewesen wäre, war mein Erstaunen groß, als ich ein Auto vorbeirasen sah, das mir bekannt vorkam. Aber natürlich, es war dasselbe Auto wie meines, das ich an dem Abend, an dem es in Rom seltsamerweise schneite, im Parkverbot stehen gelassen hatte und das in der Zwischenzeit von stinkendem Guano und Platanenblättern bedeckt war, und hunderte, vielleicht gar tausende von Strafzetteln an den Seitenfenstern und auf der Windschutzscheibe hatte. Das war sogar ganz sicher mein Auto, ich erkannte es am Kennzeichen, das entfernt an mein Geburtsdatum erinnerte, folglich unverwechselbar war. Im Auto saßen fünf Personen, die ich ohne große Mühe erkennen konnte: der Hagere Histrione saß am Steuer, daneben der große Kritiker, der gerade einen Stadtplan von Rom studierte, Mirtilla saß auf der Rückbank zwischen dem Anwalt des Theaterunternehmens und dem Theateragenten und alle waren in Feierstimmung wie Verkleidete an Bord eines Karnevalswagens in Rio de Janeiro.

Mit einem Seil auf dem Gepäcksträger fixiert, befanden sich die sperrigen Theaterrequisiten, die Wanderbühnen mit sich führen, wenn sie von einem Ort zum anderen, von abgelegenen Dörfern in kleine Städte ziehen. Zuoberst auf dem Stapel stand das immer noch blinkende Leuchtschild mit der Aufschrift:

THEATER

Sie hatten mir alles genommen: meine Stimme, meinen Text, meine dramaturgischen Ideen, sogar meine Worte, mein materielles und geistiges Eigentum und mein Auto. Ich selbst blieb auf Ratenzahlungen sitzen und so ganz nebenbei auch auf den Kosten für die Bestellung in der Bar.
Als ich sie in der Dunkelheit verschwinden sah, erhob ich feierlich mein Sektglas und trank auf ihre Hinterlist und meine beschissene Unbedarftheit.
Und hier liebe Leser, kehre ich zum Präsens zurück, damit Sie besser nachvollziehen können, wie nahe mir das Ganze immer noch geht.
Ich tröste mich mit dem Gedanken, dass ich wahrscheinlich nicht der Erste war und vermutlich auch nicht der Letzte sein werde, der auf den großen Traum vom Ruhm und auf die Illusion hereinfällt, die das Theater aufflackern lässt. Es endet immer damit, dass man alles aufgeben muss.
Der Kellner, der für meinen Tisch zuständig ist, ahnt was los ist und blickt mich mitleidig an, als er mit der Rechnung auf mich zukommt. Im Übrigen weiß ich gar nicht, wie ich sie bezahlen soll, da sie selbst meine Brieftasche mit den letzten Münzen

mitgenommen haben. Mit einem vielsagenden Lächeln sagt er:
«Sie haben auch Sie verarscht, nicht wahr?»
Zum x-ten Mal muss ich dieses verhasste, für mich inzwischen unerträglich gewordene *nicht wahr* hören. Ich drehe mich ruckartig um, weil ich etwas darauf sagen will, aber ich halte mich zurück, denn ich sehe, wie hinter dem Kellner eine ganze Reihe wütender Gläubiger auf mich zukommt, die aufgrund der unerwarteten Schließung des Theaters ebenfalls enttäuscht feststellen mussten, dass sie leer ausgehen werden.

9.

Soll das alles gewesen sein? In einem Meer von Schulden ertrunken? Gejagt, malträtiert und beleidigt von den Gläubigern, die ihrerseits vom Hageren Histrione betrogen wurden, dem sie naiverweise Dienstleistungen und Lieferungen, Requisiten und alles andere zur Verfügung stellten, ohne bar auf die Kralle bezahlt zu werden, wie man hier in Rom sagt, wenn man Bargeld sofort einstreift und nicht erst am St. Nimmerleinstag, also nie? Das kann es doch nicht gewesen sein! Auf keinen Fall! Meine Güte!
Das Theater hat mich nie angesprochen, aber ich leugne nicht, dass ich Gefallen daran gefunden habe. Vielleicht befriedigt es meinen Narzissmus, was weiß ich? Es könnte aber auch sein, dass ich mich wegen einer gewissen erotischen Anziehungskraft darauf einließ, wegen der herzigen jungen Frau, deren Name Mirtilla lautet, besser lautete, angesichts dessen, dass sie mit ihren schauspielernden Komplizen das Weite gesucht hat. Ausgerechnet sie hat mir am meisten vorgemacht.
Zum Teufel! Die Wut wallt in mir hoch, gärt wie Hefeteig und staut sich auf. Liegt es nun an mir, für die paar Schurken zu bezahlen, denen ich mich aus Unerfahrenheit unglückseligerweise angeschlossen hatte? In diesem Metier, das mir bis dahin nicht vertraut war, kann man niemandem trauen, nicht einmal sich selbst! Ich bin doch nicht blöd — verrückt schon, aber nicht dumm.

Nein, da spiele ich nicht mit, ich lehne mich gegen dieses Schicksal auf, geschlagen und verhöhnt von dannen zu ziehen, dabei scheint eben dies meine Rolle zu sein, eine eigens für mich verfasste Theaterrolle, deren Hauptdarsteller trotz allem immer noch ich selbst bin: der Geschlagene, der die Arschtritte abbekommt, alles in allem, die typische Rolle des Prügelknaben!

Eine geniale Intuition lässt mich eine Idee wie ein Kaninchen aus dem Zauberhut ziehen, eine verzweifelte Geste, die alle Gläubiger erstaunt, dabei hatten sie schon geglaubt, dass ich fluchtartig den Rückzug antreten werde. Anstatt Hals über Kopf wegzulaufen, stelle ich mich auf einen Stuhl und halte für die Menge, die mir schon drohend naht, eine Ansprache:

«Beruhigen Sie sich, meine Herren! Mir dürfen Sie nicht die Schuld geben, denn auch ich bin diesen Gaunern zum Opfer gefallen. Sie geben sich als Theaterleute aus, als Rampentiere, aber glauben Sie mir, sie sind nur Tiere, Zootiere, genauer Bestien! Das hat überhaupt nichts mit Schauspielkunst zu tun. Ihnen schulden sie nur Geld, schnödes Geld, mir hingegen schulden sie noch viel mehr. Sie haben meine Brieftasche unterschlagen, meine Ersparnisse, mein Eigenheim, mein Auto, alles haben sie mir genommen, sogar meine Seele. Halbnackt haben sie mich zurückgelassen. Bis auf die Unterhose haben sie mir praktisch alles genommen. Wenn ich nicht mein Auftrittskostüm angezogen hätte, bevor sie das Weite suchten, würde ich jetzt mit entblößten Lenden, wie Gott mich schuf, vor Ihnen stehen. Splitternackt wäre ich den Folterqualen ausgesetzt, die Sie, meine Herren, als aufgebrachte Masse auf mich ausüben. Wenn Sie mich jetzt im Clownkostüm sehen, halten Sie sich bitte vor Augen, dass ich mitnichten ein Clown bin. Wenn Sie also die Hoffnung nicht aufgeben wollen, Entschädigungen und Schadenersatzzahlungen und Wiedergutmachungen für Ihre Lieferungen, Dienst- und sonstigen Leistungen zu bekommen, schlagen Sie sich auf meine Seite, denn ich bin einer von Ihnen, auch wenn es auf den ersten Blick nicht so aussieht, vertrauen Sie mir!»

«Und warum sollten wir das tun?» erhebt sich eine Stimme aus der Runde.

Obwohl mir die Antwort bereits auf der Zunge liegt, lasse ich mir Zeit, damit ich wohlüberlegt antworten kann. Ich lasse sie noch ein wenig in der Luft hängen, damit ich überzeugender wirke und damit es so aussieht, als wäre mein Vorschlag das Ergebnis weitreichender Überlegungen und nicht nur Worte einer improvisierten Rede.

«Weil Sie nichts zu verlieren haben, jedenfalls nicht mehr, als Sie bereits verloren haben. Außerdem können Sie sich immer noch auf mich berufen, sollte mein Plan scheitern.

«Und wie sieht dieser Plan aus?», drängt mich dieselbe Stimme.

«Ich werde mich vom Ministerium für Kunst und Kultur finanzieren lassen, um all Ihre Kredite zurückzuzahlen.»

«Tatsächlich?», fragen mehrere Stimmen gleichzeitig.

«Aber sicher, das ist man mir schuldig. Betreibe ich denn nicht Etwas, das mein Land in bestem Licht erstrahlen lässt? Gehe ich denn nicht einer kultu-

rellen Aufgabe nach, die der Verbreitung der Kultur und der wahren Geisteswerte dient? Gebe ich mich denn nicht dafür her, dass die Jugend daran gehindert wird öffentlich zu Drogen zu greifen, sich in Diskotheken zu betrinken, sich mit Junk-Film-Scheiße berieseln zu lassen, usw. usw.?»
«Usw., usw.!», rufen alle durcheinander und klopfen mir auf die Schulter. Um genau zu sein, schlägt so mancher ziemlich heftig zu, als wollte er mich daran erinnern, dass er wirklich knapp davor ist, mir ein paar saftige Ohrfeigen zu verpassen. Trotz bös- und gutgemeinter Klapse, fühle ich mich als eine Art Anführer einer ganzen Armee von Gutgläubigen, obwohl ich als Clown geschminkt und verkleidet bin, das einzige Gewand, das mir noch geblieben ist, sonst wäre ich nackt wie Adam und Eva. Zugegeben, in diesem Aufzug mache ich nicht gerade einen majestätisch königlichen Eindruck und auf meinen Schlachtruf hin: «Rotten wir uns zusammen, gehen wir gemeinsam ins Ministerium!», muss ich zusehen, wie sich die Reihen lichten und schließlich sitze ich ganz allein vor einem Berg von unbezahlten Rechnungen, einstweiligen Verfügungen, Mahnungen und vielem anderen, was mir die Gläubiger unwillig zugesteckt hatten.
Ich mache mich auf den Weg zum Ministerium für Kunst und Kultur. Ein Busticket kann ich mir nicht leisten, geschweige denn ein Taxi. Welcher Taxifahrer würde mich außerdem in dieser Aufmachung mitnehmen? Schon eher das Rettungsauto des grünen Kreuzes, das für die Verrückten zuständig ist. Und wie ein verrückter Komiker raune ich gehend vor mich hin: Das Theater als solches ist wie eine

Infektionskrankheit: man wird angesteckt, dagegen hilft nichts! Es reicht, dass man angeniest, angehustet oder angehaucht wird, und schon dringt ein Virus ein, von dem man nie wieder geheilt wird, denn es ist unbesiegbar und resistent gegenüber jeglichem Antibiotikum, Medikament, Gesundheitstrank oder Präparat, weder Heilsalbe noch Heilmittel können etwas dagegen ausrichten. Das Virus kann sich in der Blutbahn frei bewegen und greift zuerst die Nervenganglien an, dann die inneren Organe, schließlich das Herz und zuletzt gelangt es ins Gehirn und bemächtigt sich des Nervensystems. Es endet damit, dass man in einem fiebrigen Dauerzustand wechselnder Gefühlszustände dahinvegetiert, vergleichbar mit dem Zustand schwerer Verliebtheit, wenn es aussichtslos erscheint, sich mit zärtlichen Gesten oder unschuldigen Küsschen begnügen zu können. Da geht man auch aufs Ganze!
«Vergessen Sie das!», zu diesem Schicksal verdammt mich der kleine kahlköpfige Mann in Portiersuniform, der meinen Finanzierungsantrag protokolliert. Ich soll also den Verlust sowie die Abweisung des Antrags durch das MIKUK, dem Ministerium für Kunst und Kultur, hinnehmen. In seiner erhobenen Faust schwenkt er einen Trockenstempel, mit dem er droht, meinen Antrag so wie die meisten Anträge mit *nicht genehmigt* abzustempeln.
Ich hatte beschlossen, einen Unterstützungsantrag auf Weiterführung meiner Theatertätigkeit zu stellen, aber die Haltung des zuständigen Personals, in diesem Falle eine menschliche Larve, die so viel über Kunst und Kultur weiß wie ich über Astrophysik, lässt mich kaum Hoffnung auf Erfolg

schöpfen. Die Erstellung des Antrags hatte mich sehr viel Zeit gekostet, ich musste Unmengen an Papierkram einreichen, einen Berg von Formularen ausfüllen und ich weiß nicht, wie viele Dokumente, Quittungen, Kopien und Bescheinigungen beilegen. Aber meine Odyssee ist es wert, erzählt zu werden. Wie war ich an dieses Männchen geraten, das glaubt, irgendeine Form von Macht ausüben zu können, nur weil es eine zerknitterte Schirmmütze auf der Rübe hat?

Um 11:05 finde ich mich am Schalter ein. Hinter dem Glas quatschen zwei Frauen miteinander und tun, als wäre ich ihnen nicht aufgefallen, dann nähert sich eine der Trennscheibe und noch bevor ich etwas sagen kann, läutet ihr Telefon und sie entfernt sich. Nach zwei, drei Minuten tut ihre Kollegin immer noch so, als wäre ihr nicht auf- gefallen, dass die Beamtin wieder weggegangen ist und ergießt sich in einem Redefluss und noch bevor ich den Mund aufmachen kann, verlangt sie ein Ausweisdokument von mir. Nachdem es mir gelingt, ihr den Grund für meinen Besuch zu erklären, lässt sie mich nicht einmal ausreden und fordert mich auf, in den zweiten Stock zu gehen und das Bewer- bungsbüro aufzusuchen. Im zweiten Stock finde ich mich auf einem langen Korridor wieder. In jedem Zimmer reden mindestens zwei Angestellte angeregt miteinander. Das zuständige Büro finde ich nicht, daher klopfe ich zaghaft an eine Zimmertür, hinter der weitere Frauen miteinander plauschen. Sie schi- cken mich sofort in den dritten Stock, wo ich das- selbe Szenario antreffe, ein unentwirrbares Gezwit- scher weiblicher Stimmen, aber eine von diesen

Damen mütterlich-fürsorglichen Wesens teilt mir mit, dass sich das von mir gesuchte Büro sehr wohl im zweiten Stock befinde, es sei nur hinter einem Schrank versteckt, der als Trennwand diene. Ich gehe wieder in den zweiten Stock hinunter, natürlich zu Fuß, denn der Besucheraufzug ist außer Betrieb, es funktioniert nur der Aufzug für die leitenden Beamten und Funktionäre.

Durch den Türschlitz erspähe ich zwei Wachen in Zivil und einen handgeschriebenen Hinweis auf einem Blatt Papier, aus dem ich entnehmen kann, dass es sich tatsächlich um das gesuchte Büro handelt. Die beiden empfangen mich nicht gerade begeistert, aber als ich ihnen sage, dass mich ihre eigenen Kollegen hierher verwiesen haben, werden sie etwas freundlicher, aber… leider, das Bewerbungsbüro befindet sich im Zwischengeschoss.

In einem verschlungenen Gang finde ich an einer Tür einen mit Klebeband befestigten Schmierzettel mit fast unleserlicher Aufschrift. Im gesuchten Raum befinden sich vier Personen, zwei Frauen, die miteinander reden (ich glaube, es gehört hier in Rom zur Dienstvorschrift, sich vorrangig mit Privatangelegenheiten zu beschäftigen), ein Typ vor einer Olivetti-Schreibmaschine aus den 1970er Jahren, er tippt in aller Seelenruhe, bedächtig und sehr langsam, und schließlich ein Beamter, der den *Corriere dello Sport* liest. Nachdem Letzterer sich gnadenhalber meines Problems angenommen hat, erklärt er mir selbstgefällig und auch etwas verärgert über die Unterbrechung seiner Lektüre, dass Anfragen dieser Art dem Eingangsbüro vorgelegt werden müssen, das sich im Erdgeschoss befindet, wo ich hereingekommen bin. Daher werde ich wieder beim Portier vorstellig.

«Ein Kreisen ohne Ende», lächelt er, als er mich zurückkommen sieht,

«Es kommen immer alle wieder hierher, an den Ausgangspunkt, zurück.»

«Sind Sie Ausgangs- oder Endpunkt? Oder gar das Abstellgleis?», scherze ich.

«Je nachdem!», antwortet er mit einer Grimasse, die mir die Machtverhältnisse zwischen uns beiden deutlich macht.

«Das hätte ein Scherz sein sollen!», versuche ich zu beschwichtigen, denn es war ein Fehler, seine Macht und die Bedeutung seiner Uniformmütze zu unterschätzen.

Er lächelt, erwägt den Umfang meines Aktenbündels und wirft mir einen ironischen Blick zu als wollte er sagen: ist das alles? Mit dem Finger schiebt er seine Uniformmütze zurecht, die ihm auf die verschwitzte Stirn gerutscht war. Nun fällt auch mir auf wie heiß es ist. Die Heizkörper glühen wie feuerspeiende Vulkane. Der riesige Furunkel auf seiner linken Schläfe könnte eine Beule oder das Horn eines Fauns sein. Der kleine Mann hat einen weiteren Furunkel auf der rechten Seite, das konnte ich sehen, als er sich kratzte. Sind das etwa gar Teufelshörner? Bin ich bereits in der Hölle, noch bevor ich zugrunde gegangen bin? Oder bin ich tot im Auftrag des MIKUK, des Ministeriums für Kunst und Kultur, von dem ich mir nichts mehr zu erwarten brauche?

«Sie sind krank, wissen Sie das? Sie leiden an der schwersten Krankheit der Welt, dem Theater. Eine

furchtbare Vergiftung des Geistes, wenn ich Ihnen
das sagen darf.»

«Verstehe ich nicht», fordere ich ihn zu einer
sachlichen Erklärung heraus. Im Übrigen bin ich
nicht hierhergekommen, um mich aufziehen zu
lassen und auch nicht, um seine Reden, Predigten
und Tiraden anzuhören.

«Sie hegen die vergebliche Hoffnung, Ihr Medi-
kament, Ihr Elixier, Ihr Gegengift, ein sanftes
Placebo in Form einer bescheidenen Zahlung auf
Ihr Bankkonto zu erhalten, das Ihrem lächerlichen
und - gestatten Sie mir, es auszusprechen - un-
sichtbaren Theaterschaffen neues Leben einhau-
chen soll. Niemand, aber auch gar niemand kennt
Sie! Aber nehmen wir theoretisch an, man würde
Ihnen einen Produktionsbeitrag gewähren, wissen
Sie eigentlich, was Sie damit tun?» Ich schüttle den
Kopf. Seine heimtückischen Andeutungen über das
Niveau und die Qualität meiner künstlerischen
Arbeit irritieren mich.

«Das wissen Sie nicht? Ich kann es Ihnen sagen: Sie
unterscheiben einen regelrechten Pakt mit dem
Teufel, mein Freund!»

«Ich?!»

«Gewiss! Sie sind im Begriff, der Kreativität eine
Todesurkunde auszustellen und jegliches Experi-
mentieren mit neuen Ausdruckformen im Theater-
bereich zu unterbinden.»

Dieser Kerl drischt Phrasen, als wäre er der oberste
Ministerialbeamte, der meine Angelegenheit prüfen
muss. Es fehlt nur noch, dass ein «nicht wahr» über
seine Lippen kommt, dann wäre das Bild perfekt;
der Teufelskreis würde sich schließen, der alle

Theaterleute in einem einzigen monsterhaften We-
sen zusammenfasst, das auf dem Haupt anstelle von
Haaren Schlangen trägt, die sich untereinander
beißen. Allerdings ist das Monster, mit dem ich
spreche, alles andere als eine furchterregende Me-
duse, es handelt sich eher um einen harmlosen
Vorgartenzwerg, eine Kreatur, die sich von einem
ganz anderen Gift ernährt, dem tödlichen Gift
namens Bürokratie: damit und nicht nur mit seinem
Blick macht er im MIKUK unvorsichtige Bewerber
wie mich zu Staub und Asche. Ich habe den
Verdacht, ja, ich könnte darauf wetten, dass er den
Zwangsbefehl erhalten hat, zu entmutigen, zu
verwirren, zu enttäuschen, den Antragstellern Beine
zu machen und Hoffnungen zu ersticken.
«Sie sind neu in diesem Metier, nicht wahr?»
Da haben wir's!
«Was soll nicht wahr sein?», provoziere ich ihn.
«Das sagt man so in unseren Kreisen, es bedeutet…»
«Ich weiß sehr genau, was es bedeutet!» Ich erhebe
die Stimme. «Ich höre es von allen Seiten, nicht
wahr hier und nicht wahr dort. Dann verwende ich
es auch, nicht wahr, ich werde es mir aneignen,
denn auch ich bin ein Teil dieser Kaste, dieser
Lobby, dieses Metiers, dieses Zirkels, dieser Runde,
dieser Gang, dieses Berufs, dieser Partie, genauer
gesagt dieser Zirkuspartie.»
«Folglich ist Ihnen das Risiko bewusst, das Sie
eingehen, nicht wahr?»
«Nein, nicht wahr! Ich weiß es nicht. Verraten Sie es
mir!»

«Für ein Almosen wird man Sie zwingen, alles zu erklären, sich in einem Dschungel von Rechnungen und Quittungen zu verlieren, Pausen und Atemzüge zu zählen sowie sich an fiskalische und rein buchhalterische Kriterien anzupassen, die nichts, rein gar nichts, mit wahrer und freier Kunst zu tun haben, im Gegenteil, die Bürokraten sind deren hartnäckigste Gegner. Sie werden in einem unendlichen Meer von Papierkram, Aktenordnern, Formularen, Berichten, Genehmigungen, Autorisierungen, Lizenzen, Benutzbarkeitsnachweisen, Zumutbarkeitserklärungen, Haftungen für Verantwortlichkeiten und Übereinstimmungen, Unbedenklichkeitsbescheinigungen... Ja! Einkommenserklärungen, Mehrwertsteuerformularen, Steuern und Steuerproblemen untergehen und am Ende des Tages werden Sie damit als Künstler keinen einzigen Zuschauer hinter dem Ofen hervorlocken.»

«Ich habe schon verstanden. Aber um Himmels Willen, ist es denn Ihre Aufgabe, mich vom Versuch abzubringen, wirtschaftliche Unterstützung zu erlangen, um die Lebenshaltungskosten zu bestreiten? Wissen Sie, was ich Ihnen sage? Sie haben Recht, denn zu den lebendigen Tatsachen zählen im Theater einzig und allein die Ausgaben. Daher spricht man auch vom Lebenstheater, wegen der Spesen, die getätigt werden müssen, um es am Leben zu erhalten und ganz bestimmt nicht wegen der Aktualität dieses altmodischen Tempels der Melpomene!»

«Und wer ist diese Melpomene?»

«Die Muse der Schauspielkunst, Sie Ignorant!»

Er unterdrückt ein Lächeln und übergeht mich, indem er mir deutet, dass ich Platz machen soll: «Der Nächste bitte!»

«Verzeihen Sie», ich zwinge ihn, mich wieder zu beachten, «können Sie mir zumindest sagen, wann ich etwas über den Ausgang der Bearbeitung erfahre?»

Er verdreht die Augen wie ein vom Fuchs verfolgtes Huhn. «Welche Bearbeitung? Erlauben Sie sich einen Scherz mit mir?»

«Die Bearbeitung des Antrags, den Sie soeben zu Protokoll genommen haben, meinen Antrag, du lieber Himmel!»

«Mein lieber Freund», sagt er in vertraulichem Tonfall, «hier wird nichts protokolliert, wir archivieren hier. Der Vorgang ist folgender: um vom Archiv zum Protokollbüro zu gelangen, muss die Bearbeitung des Antrags vom Abberufungsinstitut veranlasst werden, was in wenigen Worten eine Einschaltung des zuständigen Büros voraussetzt, das dem der Abteilungsdirektion vorstehenden Generaldirektor untersteht. Stellen Sie sich ein mehrstöckiges Gebäude vor. Wie kommt nun eine Sache, die sich unten befindet nach oben? Ich verrate es Ihnen: mit dem Aufzug. Aber die Schlüssel für den Aufzug hat nur der Generaldirektor. Er ist der betreffende, der den Antrag aus den unteren Stockwerken zu den oberen Stockwerken abberufen muss. Allerdings erfolgt das nicht automatisch, wie Leute wie Sie naiverweise hoffen, sondern dies geschieht nur, wenn derjenige, der das kann auch will. Daher steckt im Wort Generaldirektor auch immer das Wort 'General'. Schon Dante sagt: 'man will es so

an jenem Orte, wo man auch kann, was man will;
und frag nicht weiter.'»

Trotz Dantes Befehl frage ich weiter: «Und wie erlangt man die Aufmerksamkeit dessen, der alles kann, wenn er will?»

«Ganz einfach, mein lieber Freund, indem Sie ihn persönlich aufsuchen.»

«Gut, dann suche ich ihn persönlich auf», beeile ich mich zu sagen, «geben Sie mir einen Termin.»

«Sie brauchen keinen. Der Generaldirektor empfängt jeden Freitag im türkischen Bad des Fitness- und Massagezentrums, das sich auf der Rückseite des MIKUK, eben dieses Ministeriums für Kunst und Kultur, befindet. Heute ist Freitag, beeilen Sie sich also, wenn Sie ihn persönlich antreffen wollen, bevor er sich einer eindringlicheren Sache widmet.»

Das macht mich stutzig.

«Darf ich Sie etwas fragen: nimmt der die Anträge mit in das türkische Bad?»

«Die Anträge nimmt er nicht mit», er starrt mich augenzwinkernd an, «aber die Antragsteller.»

In seinem Gesicht zeichnet sich ein gewitztes Lächeln ab, das ihm das Aussehen einer Mona Lisa verleiht, allerdings nicht der von Leonardo, so ganz ohne Haare, mit dem kleinen Schnurbart, und trotzdem ist dieses Lächeln auch ohne Worte vielsagend, es könnte alles oder nichts bedeuten. Meine Güte! Dass ein Generaldirektor einer öffentlichen Institution Antragsteller während der Bürozeiten im türkischen Bad eines privaten Massagezentrums empfängt wie Gott ihn schuf, meine Lieben, ich muss schon sagen… das könnte Zweifel an der Korrektheit und der Regelmäßigkeit des Vorgehens aufkommen lassen. Aber was solls? Im Theater muss man immer gute Miene zum bösen Spiel machen.

Ich sehe tatsächlich aus wie ein Türke. Was wird aus einem Dramaturgen im türkischen Bad? Ein Drama-türk, wie ich: ein makellos weißes Tuch um die Lenden geschlungen, meine behaarte Brust zur Schau gestellt und auf dem Kopf einen weißen Turban. Das Bad betrete ich nackt, tappe vorsichtig voran, denn ich bin von dichten Dampfwolken umgeben. Der Nebel legt sich an mich und lässt die Schweißperlen von der Stirn in die Augen tropfen, was die Sicht noch mehr vernebelt.

«Herr Direktor?» flüstere ich, um in der dumpfen Stille dieser Umgebung nicht allzu sehr zu stören. Mir ist, als befände ich mich in einem dantesken Höllenkreis, aber plötzlich wird mir alles klar, als ich auf einer Marmorbank zwei ineinander verschlungene Gestalten erblicke, vermutlich beides Männer, die kurz darauf wie Geister im Nichts verschwinden. Wohin bin ich nur geraten?

«Herr Generaldirektor?» Diesmal frage ich mit etwas lauterer Stimme, um mich deutlich hörbar zu machen.

«Wer sucht mich?», donnert eine Stimme aus dem Nebel.

«Verzeihen Sie», sage ich eingeschüchtert, «aber man hat mir den Rat gegeben, Sie hier aufzusuchen, um über meinen Antrag zu sprechen. Ich bin vom Theater und…», ich schaffe es nicht, den Satz zu beenden als mich überraschend ein ziemlich heftiger Schlag ins Gesicht trifft. «Nicht schlecht, einer vom

Theater!» Einem groben Lachen folgt ein: «Nicht wahr?»

Dieses *nicht wahr* verliert sich im Dunst des Nebels, ebenso die Umrisse der Gestalt, die mir ins Gesicht geschlagen hat. Ich nehme Abwehrhaltung ein für den Fall, dass ich ein weiteres *nicht wahr* hören muss und wieder einen Schlag ins Gesicht bekomme. Jemand klopft mir auf die Schulter, ich drehe mich um und *nicht wahr!* ein zweiter Schlag landet auf meiner geröteten Wange. So was! Es ist kein anderer als dieser Schurke von Hagerem Histrione, der sich krummlacht und wieder im Nebel verschwindet. Noch während ich nach ihm suche, kommt mir ganz deutlich ein weiteres *nicht wahr!* zu Gehör, diesmal in Form eines Arschtritts. Es ist kein Geringerer als der große Kritiker, der ebenfalls in Nebel gekleidet ist wie Palazzeschis Perelà. Mirtilla durfte natürlich auch nicht fehlen, sie zwickt mich, dann der Scheinanwalt, der Kellner und die Zuschauer. *Nicht wahr* ertönt es von allen Seiten und die schallenden Ohrfeigen fallen wie Applaus auf mich ein, sodass mir fast schwindelig wird. Es fehlt nur noch Stefanino Poronzio oder Pironzio - ich erinnere mich nicht mehr ganz genau - der sich als Theateragent vorgestellt hatte. Aus einem lauteren *nicht wahr* als alle anderen und einem Kopfstoß schließe ich, dass auch er zugegen ist. Au, tut das weh! Dann scheißt mir auch noch die Möwe auf den Kopf und Flip, das wilde Hundsvieh, beißt mir zu allem Überfluss in die Wade.

Ich kassiere jede Menge Ohrfeigen und höre unzählige *nicht wahr* bei jedem Schlag! Welch ein Applaus, welch Geklatsche... mir pfeift es in den

Ohren oder sind es richtige Pfiffe, als ob mich ein Publikum in Übereinstimmung auspfiffe. Sind es die schändlichen Pfiffe eines beschissenen Publikums? «Scheiß-Publikum!» schreie ich, bevor mir die Sinne schwinden.

10.

Klopf, klopf, klopf. Ich öffne langsam die Augen und blicke in einen Sonnenstrahl, er blendet mich. Ich sitze hinter dem Steuer meines Autos. Um mich herum hatte der Verkehr wieder eingesetzt. Klopf, klopf, klopf. Jemand klopft an mein Seitenfenster, es ist ein uniformierter Verkehrspolizist.
«Weiterfahren, fahren Sie weiter!», befiehlt er, «sehen Sie nicht, dass der Verkehr wieder ins Rollen gekommen ist?»
«Hat es aufgehört zu schneien?», frage ich augenreibend.
«Zum Glück schneit es in Rom so gut wie nie, aber wenn doch, dann ordentlich, nicht wahr?»
Ich zucke auf dem Sessel zusammen. Hat auch er *nicht wahr* gesagt? Ich starte den Motor und schnalle mich an, um auszuparken und diesen Traum, der eigentlich ein Alptraum ist, für immer hinter mir zu lassen. In diesem Höllenfluch bin ich versunken wie ein Schlafwandler, der in eine bodenlose Schlucht fällt. Aber ein Reklameplakat für einen Theaterabend lenkt meine Aufmerksamkeit auf sich. Es wird für ein Theaterstück mit dem Titel:

DER UNBEDARFTE

geworben. In der Mitte des Plakats prangt ein Bild von mir, umgeben von all den Figuren dieses seltsamen Abenteuers, das sich wie ein Freud'scher Wiederholungszwang ohne Ende wiederholt.

Vorhang (falls es in einem Roman einen gäbe)

a Enrico Bernard
Emilio Greco
Roma, 1982